D1279297

A. Martín / J. Ribera

No pidas sardina fuera de temporada

Traducción de los autores

ALFAGUARA

SERIE ROJA

ALFAGUARA

Título original: *NO DEMANIS LLOBARRO FORA DE TEMPORADA*
Edición original Catalana de Editorial Laia, S. A., Barcelona
© Del texto: 1987, Andreu Martín y Jaume Ribera
© 1988, Altea, Taurus, Alfaguara, S. A.
© De esta edición:
  1993, Grupo Santillana de Ediciones, S. A.
  Torrelaguna, 60. 28043 Madrid
  Teléfono 91 744 90 60

• Aguilar, Altea, Taurus, Alfaguara, S. A. de Ediciones
  Beazley, 3860. 1437 Buenos Aires

• Editorial Santillana, S. A. de C. V.
  Avda. Universidad, 767. Col. Del Valle, México D.F. C.P. 03100

• Distribuidora y Editora Aguilar, Altea, Taurus, Alfaguara, S. A.
  Calle 80, nº 10-23, Santafé de Bogotá, Colombia

ISBN: 84-204-4796-X
Depósito legal: M-48.596-2001
Printed in Spain - Impreso en España por
Unigraf, S. L., Móstoles (Madrid)

Primera edición: enero 1988
Segunda edición: septiembre 1993
Vigesimoprimera reimpresión: noviembre 2001

Una editorial del grupo **Santillana** que edita en
España • Argentina • Colombia • Chile • México
EE. UU. • Perú • Portugal • Puerto Rico • Venezuela

Diseño de la colección:
Rafa Sañudo, Raro, S. L.

Editora:
Marta Higueras Díez

Impreso sobre papel reciclado
de Papelera Echezarreta, S. A.

No pidas sardina fuera de temporada

1
Se precisa despacho
económico

Pili, mi querida hermanita y secretaria, asomó por entre el montón de cajas de cerveza en el preciso instante en que Jorge Castell empezaba a subirse por las paredes.

—¿Quinientas pelas? —se quejaba—. ¿Me estás diciendo que tengo que pagar quinientas pelas sólo por leer estos papelotes? ¡Pero si antes cobrabas doscientas...!

—La inflación —expliqué, manteniendo la calma—. Exceso de demanda. Hay mucha gente interesada en saber cosas de Clara. Además, cuando has venido ya sabías que los precios habían subido.

—¡Pero si no pretendo hablar con ella! ¡Si sólo quiero leer los papeles...!

—M-mh —hice, aproximadamente. Y miré a Pili, que esperaba cargada de paciencia.

—La María Gual —anunció.

Puse cara de desastre. Lo que faltaba.

—Que espere —dije.

—No tardes mucho. Ya sabes cómo es —contestó ella, antes de cerrar la puerta.

En el inciso, Jorge Castell había tenido una revelación:

—¿...Y si voy a ver a Clara y le hablo de la existencia de este informe? —sugirió amenazante.

—¿Y si yo voy a ver a los de primero de BUP y les digo quién fue el chivato que le dio al *Chepas* los nombres de los que atascaron los wáteres la semana pasada? —sugerí yo.

Cambió de táctica. Probó a hacerse la víctima.

—Escucha, *Flanagan,* a mí me dan trescientas pelas cada semana... Me estás pidiendo casi lo de dos semanas... Y tú no tienes más que estar sentado ahí y parar la mano...

—¡Para el carro, tío! —le corté, un poco harto ya, quitando los pies de encima de la mesa—. Si ahora estoy aquí sentado y paro la mano es porque antes estuve gastando suelas y haciendo el ridículo días y días para redactar este informe. ¡Ni te imaginas la de peripecias que tuve que pasar para averiguar la talla del sujetador de Clara!

A Jorge Castell se le pusieron los ojos como platos.

—¿El informe habla de la talla del sujetador que usa Clara? —preguntó, alucinado.

—Y de su marca preferida. Sí —sonreí tentador, vendiendo mi producto—. Y de muchas cosas más...

—¿Y a mí qué me importa cuál sea su marca preferida de sujetador? ¿Qué saco con enterarme?

—¡Saber cómo desabrocharlo llegado el momento, atontado!

Jorge Castell se puso rojísimo. Su cara se convirtió en una caldera a punto de reventar. De un momento a otro se le saltarían los ojos y por los agujeros saldrían chorros de vapor que nos nublarían el despacho.

—Pero..., pero si yo... sólo quiero... Si no

quiero ni hablar con ella, sólo pretendo... Había pensado que...

—Quinientas pelas —dije, implacable.

—¿De qué más habla, aparte del sujetador...?

—Quinientas pelas.

Refunfuñó un poco y, con un suspiro de resignación, de persona que se deja timar para evitar discusiones, depositó un billete azul sobre la mesa. Lo escamoteé hábilmente y saqué de un cajón el expediente *Clara Longo Pella*. Antes de pasárselo, le di las últimas instrucciones:

—Está terminantemente prohibido tomar notas. Tienes un cuarto de hora. Ni un minuto más...

Jorge Castell se abalanzó sobre el informe sediento de emociones fuertes. Allí encontraría todo lo que se podía (y lo que no se podía) saber sobre Clara, la chica más espléndida del colegio. Allí encontraría una relación de sus horarios y actividades, las horas de entrada y salida de su casa, las aficiones de fin de semana, los ratos de ocio que le quedaban, la dirección del terreno que su padre tenía en una urbanización de la costa, la profesión de su padre, el humor de su padre, las preferencias de su padre y sus propias preferencias en materia de música (iba de *heavy,* la nena: AC/DC, Iron Maiden, Scorpions), cine (Mad Max, Conan el Bárbaro, Aliens), actores (Mickey Rourke), colores (el negro), bebida (el schweppes con una gota de alcohol), comida (hamburguesas), la lista de los pretendientes que la habían rondado desde principios de curso, una minuciosa biografía y un sinfín de datos muy útiles para quien pretendiera ligar con ella. Como la talla del sujetador, por ejemplo.

Yo pasé al otro lado del montón de cajas de cerveza y llamé a Pili, que estaba pasando a máquina el informe de uno de sus últimos trabajos (la búsqueda del perro de Antonia Soller).

—Vigílale, Pili. Dentro de quince minutos le echas.

—Hola, *Flanagan* —dijo María Gual, muy mimosa.

Vista de lejos, María Gual engaña. Uno podría pensar que es una chica normal, incluso un poco atractiva, a pesar de sus ropas *tecno* que te hacen pensar en el Festival Mundial del Circo. De cerca, sin embargo, no hay error posible. Ojos pequeños y mezquinos que se entrecierran para escrutarte con la certeza de que no tienes nada mejor que hacer en la vida que conspirar para perjudicarla. Una nariz pequeña para meterla donde no la llaman sin que nadie se dé cuenta. La boca, como un resorte: tensa y apretada mientras escucha, se dispara por sorpresa en una voz estrepitosa cuando considera llegado el momento de imponer su opinión.

Me mosqueó el tono que había utilizado para saludarme. No hacía mucho habíamos tenido una discusión, y aquella chica no era de las que perdonan y olvidan. La verdad es que, desde entonces, cada vez que entro en clase o en mi despacho, espero que se me caiga encima un cubo de agua helada.

—Me debes pasta —le dije.

—No te debo nada —contestó ella, sin perder la sonrisa. Más bien se le acentuó.

—Sí que me debes. Me encargaste que averiguase la identidad del anónimo admirador que te enviaba poesías románticas...

—¡No, señor!

No permití que me cortara...

—... Creías que era *El Guaperas,* de segundo de BUP, y yo descubrí que se trataba de *El*

Plasta, de séptimo. A ti te sentó como una patada en el culo y decidiste no pagarme...

—No señor —insistió ella, horrorizada porque yo lo había dicho todo a gritos, para que lo oyeran la Pili y Jorge Castell—. Yo te dije: «Averigua si esto lo ha escrito *El Guaperas...*» ¡Y como no había sido *El Guaperas,* no tengo por qué pagarte!

¿Cómo se puede razonar con una persona que llega impunemente a conclusiones de este tipo?

—Tienes que pagarme. Quinientas pelas. Precio especial.

—¿Precio especial? ¡Pero si quedamos en trescientas!

—Precio especial para morosos. ¿Tienes las quinientas o no?

—Ahora no.

—En ese caso, si no es para pagarme, ¿a qué has venido?

—Para hablar de negocios —adoptó un aire interesante—. ¿Tenemos que quedarnos aquí? ¿No podemos ir a otro sitio?

Siempre he respetado el deseo de intimidad de mis clientes. Como sea que no podíamos pasar al despacho, donde Jorge Castell amortizaba sus quinientas pelas, le dije a María que saliéramos. Atravesamos el bar de mis padres...

—¿Ya has hecho los deberes, Juanito? —dijo mi madre, como si el único objetivo de su vida fuera humillarme y hundir para siempre mi carrera de duro investigador privado.

... Salimos a la calle, paseando por la acera. No me entusiasmaba la idea de que alguien pudiera verme con María Gual, pero el negocio es el negocio.

—Bien... —dije, animándola a hablar.

—Vamos a ser socios —anunció ella.

Me paré en seco, escrutándola entre ceja y ceja.

Jopé, lo que me faltaba por oír, ¿qué ha dicho?, ahora sí que ya me puedo morir, ¿yo socio de María Gual?, a esta chica le patinan las neuronas, ¿María Gual asociada conmigo? Eso no me lo repites en la calle, ¿María Gual y yo socios?, no me hagas reír, que tengo el labio partido, pero, ¿he oído bien lo que has dicho?, pero, ¿te das cuenta de lo que acabas de decir, tía?

Hice un esfuerzo para que mi rostro expresase con claridad mis sentimientos.

Ella me miró fijamente y dijo:

—¿Qué te parece la idea?

—Mal. Muy mal —aclaré.

Eso hizo que se desbocara. Su voz se volvió desagradablemente aguda y una riada de argumentos se me vino encima antes de que pudiera encontrar una trinchera lo bastante profunda como para protegerme.

—*Flanagan,* tú sabes que me gusta mucho cómo te lo has montado...

Oh, claro que le gustaba. Y no era la única. En este barrio no sobra la pasta, y cada cual hace lo que puede para buscarse la vida. Hay quien ayuda en la tienda de sus padres, quien hace de canguro de sus hermanos o de los hijos de los vecinos, quien hace de recadero del super, quien lleva cafés a la Textil, quien limpia parabrisas en los semáforos y también quien roba y quien vende lo que no debería vender.

Yo me lo monto de sabueso.

Se cumple un año desde que llevo la empresa con Pili, y nos va sobre ruedas. Desde entonces no he tenido que pedir pasta para mis gastos a mis padres, y me he podido comprar un buen magnetofón para grabar conversaciones y una buena cámara fotográfica para conseguir pruebas documentales.

Es un trabajo difícil, creedme, siempre expuesto a que te acusen de chivato o de cosas peores. Mi norma es no hablar nunca con la autoridad: ni con policías, ni con profes. Considero que se las han apañado muy bien sin mí durante mucho tiempo, y que pueden continuar muchos años sin mi colaboración. De todas formas, mi trabajo mosquea al personal: hay mucha gente a la que no le gusta los entrometidos, y yo lo soy, y profesional. Más de una vez lo he tenido crudo, y en un par de ocasiones me he enterado de que me buscaban para calentarme. No obstante, hasta ahora, me las he apañado. Los que se sentían amenazados han comprobado que vivo y dejo vivir, y los profes que querían saber cuáles eran mis verdaderas intenciones se han calmado al ver que no soy realmente peligroso. Hasta entonces, mis trabajos se habían ceñido a la localización de animales y objetos perdidos, a comprobar dónde y con quién va Fulano de Tal cuando dice que va al dentista, o a la solvencia de padres que niegan una bicicleta bien ganada aduciendo falta de fondos. Y, de momento, las cosas me iban bien.

De momento.

—¡... Además, me necesitas! —dijo María Gual en el momento álgido de su argumentación.

—¿Qué has dicho? —la corté.

—Que me necesitas —repitió con aplomo.

—¿Yo a ti?

—Tú a mí.

—¡Anda ya!

—¿No es verdad que tus padres quieren ampliar el bar? —empezó. Calló en seguida. Aquellas palabras habían conseguido paralizar mi gesto. Contuve la respiración. Ella siguió—: ¿... Y que harán obras en el almacén... y que te quedarás sin despacho?

Era cierto.

—¿Cómo lo sabes?

—Soy muy lista, *Flanagan*. Sirvo para detective. Haremos una pareja fantástica: *Flanagan & Ford, Detectives privados,* ¿qué te parece?

—¿*Flanagan* y qué más?

—Y *Ford*. Gual, en catalán, significa «vado», y traducido al inglés es *Ford,* ¿no lo sabías? Lo he mirado en el diccionario. Los detectives siempre han de tener nombres ingleses...

—Sea lo que sea lo que estás tratando de decirme, la respuesta es no, María.

Ella adoptó una pose seductora. (Viendo su caída de ojos, por un momento temí que se encontrara mal.)

—¿Y si te digo que tengo un despacho fantástico en el jardín de mi casa? —dijo.

Sabía de lo que me hablaba. Los Gual vivían en una casa antigua, de dos pisos, en la zona de los chalets, delante del colegio. En otros tiempos, los burgueses de Barcelona pasaban ahí los veranos, porque se conoce que en los alrededores existía una fuente de aguas curativas. Ahora, las casas están sucias y agrietadas, y se han convertido en simples habitáculos de la ciudad-dormitorio, con vistas a gigantescos y anónimos bloques de pisos. En el jardín de la casa, que los Gual habían convertido en huerto, había un cobertizo grande y confortable. Realmente, no se me habría ocurrido un lugar mejor para albergar mi agencia, pero...

—¿No es allí donde tu hermano Elías guarda la moto y revela fotografías? —dije.

—¿Cómo lo sabes?

—Soy detective, nena. Soy muy listo —entoné imitándola. Decidí impresionarla aún más, para que se enterase de una vez de con quién estaba hablando—. Tu hermano está repitiendo octavo por tercer año consecutivo. Los profes y el director de la escuela querían convencer a tus padres para que lo dejara, pero tu padre no quiere ni oír hablar de que Elías deje los estudios tan sólo con el Certificado de Escolaridad. Por eso tu padre insistió, y les recordó que no se puede echar de la escuela a un chico de dieciséis años... que son los que Elías ha cumplido este año... Tuvieron que admitirle. Todo el mundo pensaba que sería un desastre, y fue entonces cuando surgió la sorpresa: Elías, el grandullón de octavo C, empieza a aprobar todas las asignaturas. En las primeras evaluaciones ha estado más que brillante, y ha aprobado los exámenes semanales de matemáticas desde el primer día. Como recompensa, tu padre le ha comprado la moto y le ha permitido usar el cobertizo como garaje y laboratorio fotográfico. ¿Qué tal...?

María Gual se había quedado petrificada.

—¿Cómo te has enterado?

—Porque hasta hace un mes, tu hermano Elías estaba colado por Clara Longo. Y yo soy un experto en Clara Longo, ¿sabes?

Movió la cabeza, haciendo un visible esfuerzo por tragarse mi exhibición.

—De acuerdo, tienes razón —admitió—. Ahora el cobertizo lo tiene Elías. Pero dejará de tenerlo cuando mi padre le obligue a vender la moto y le ponga a trabajar.

—¿Y cuándo ocurrirá esto?

—¡Cuando tú les demuestres a mis padres que Elías es un delincuente juvenil!

—¿Delincuente juvenil?

—Eso es. Ya sabes cómo son mis padres. Rígidos y severos como la vara de un maestro.

—Y, con esa rabia que se reserva para los hermanos más queridos, María Gual añadió—: ¿Qué crees que dirán cuando se enteren de que se pasa el día con la banda del *Puti,* en el bar *La Tasca?*

—¿Con el *Puti?* —dije yo.

—M-mh —hizo ella.

Empecé a sentirme interesado por el caso. Habíamos llegado al Parque y nos sentamos en uno de los bancos. Desde allí podíamos contemplar cómo los niños se caían de los columpios y berreaban a pleno pulmón, dándoles sustos de infarto a sus madres.

Aquello iba en serio.

El *Puti* era el jefe de una banda de *heavies* que pasaban las horas haciendo salvajadas con las motos y peleándose con los *punkies* de las Casas Buenas. Malas lenguas afirmaban que también se distraían yendo de noche al cementerio, con chicas, a beber cerveza y, de paso, a robar cadenas, argollas y apliques metálicos de los panteones. Esas malas lenguas añadían que vendían ese botín sepulcral al mismísimo *Lejía...*

Donnng. Campanada.

El *Lejía* tenía un taller de mecánica muy sospechoso, al otro lado del Parque. Un taller donde se solían reunir los *heavies* del *Puti* y donde a menudo se trabajaba a altas horas de la noche.

Otra particularidad del *Lejía,* el señor Tomás Longo, era su hija: Clara Longo, la chica más fantástica del colegio. Ahora podía entender cómo se había podido acercar a ella el infeliz de Elías.

—... Acaba de comprarse un juego de objetivos para su cámara fotográfica —proseguía María, refiriéndose a su hermano—. Seguro que los ha *mangado...* Bien, no sé... De todas formas, ya sabes lo que tienes que hacer: seguirle, pescarle *in fraganti* en alguna trapichería y hacerle fotos.

Después se las haremos llegar a mi padre, y mi padre le echará del cobertizo y nos lo dará a nosotros. ¿Qué te parece?

No eran unos métodos muy ortodoxos (de hecho se trataba de un sucio y abyecto chivatazo), y se acercaban demasiado a los peligrosos terrenos que yo había evitado a lo largo de mi carrera, pero debo admitir que la idea me tentaba. Por un lado, estaba la imperiosa necesidad de conseguir un despacho. Por el otro, mi desprecio por la gentuza como Elías y el *Puti*. Y, en tercer lugar, mi malsana curiosidad. Había recibido demasiados datos interesantes durante un cuarto de hora como para olvidar sin más el asunto.

2

Una cara como un mapa

Al día siguiente, como es natural, acudí al colegio dispuesto a observar a Elías. No íbamos a la misma clase (él estaba en octavo C y yo en el B), y por eso no había tenido demasiadas oportunidades de observarle a lo largo del curso.

De lejos parecía exactamente lo que su hermana me había descrito: Un *heavy* descafeinado, traicionado por el pelo, que su padre le obligaba a llevar bien cortadito, por el acné de la cara, que le reblandecía una expresión que pretendía ser de asesino a sueldo, por una cazadora de piel demasiado nueva y por una pulcra camisa que su mamá debía plancharle cada noche mientras él soñaba plácidamente.

De cerca, pude observar que tenía la cara como un mapa. Le habían dado algunos puntos en el labio y en una ceja, y sus gafas oscuras no conseguían ocultar del todo un espectacular moratón en su ojo derecho.

—No parece peligroso —comentó Pili.

—Más bien da lástima —corroboré yo.

Entrando en clase, le susurré a María Gual:

—¿Qué le ha pasado al *Matagigantes?*

—Te has dado cuenta, ¿eh? ¿Qué te dije? Anoche llegó tardísimo. Y esta mañana se levanta así... Le ha dicho a mi padre que tropezó con una puerta...

—¿Con una puerta? —exclamé—. ¿Cuántas veces?

Mientras Isabel nos explicaba el apasionante fenómeno de la gelividad, jugué a imaginarme a Elías tropezando con una puerta por primera vez, y tratando de abrirla y tropezando de nuevo, y dándose un morrón al pretender levantarse, y otro cuando entraba alguien y paf, le golpeaban sin querer, y otro cuando... Hasta que Isabel interrumpió su discurso para preguntarme:

—Anguera, ¿se puede saber de qué te ríes?

—De nada —dije.

Adopté una expresión de concentrada atención y empecé a elaborar planes con respecto a Elías. Aquella cara como un mapa podía ser un buen primer objetivo. Poder decirle al señor Gual: —Con que una puerta, ¿eh? Mire, mire cómo consiguió una cara nueva su hijo...

¿Cómo podría demostrarlo? ¿Siguiéndole a todas partes con la máquina de fotografiar, a la espera de que empezara a arrearse con los *punkies* para dedicarle un carrete entero? No me gustaba la idea.

A mediodía, al salir del colegio, Pili y yo montamos un número para aproximarnos al sujeto. Sólo pretendíamos hacernos simpáticos, ganarnos su confianza para poder interrogarle sutilmente, sin que pudiera llegar a imaginar nuestras intenciones.

Con el libro de matemáticas en las manos, nos pusimos a discutir un complicado problema sobre la descomposición factorial de las funciones polinómicas. Como por casualidad, pasamos junto a Elías, que estaba quitando el candado de su Montesa. Elías también comía fuera de la escuela.

—¡Eh, Pili! —dije yo—. ¡Gual nos lo explicará, y ya verás cómo tengo razón! Eh, Gual, tú que has aprobado todos los exámenes semanales de matemáticas... ¿Es cierto o no que para sacar el cuadrado de esta suma se debe aplicar la propiedad distributiva...?

Nos miró como si llevásemos una navaja y le hubiéramos exigido que aflojara la pasta.

—¡Lo que te digo yo es que aplicas mal la fórmula! —gritaba Pili—. El cuadrado de la suma es igual al cuadrado del primero más el doble del primero por el segundo, y no más la suma del primero y el segundo...

—Está bien, Pili, deja hablar a Elías. ¿Es cierto o no que hay que aplicar la propiedad distributiva?

En los segundos que siguieron, el rostro de Elías se convirtió en uno de los espectáculos más impresionantes que jamás he presenciado. A los moratones azul-granas, consecuencia de la paliza recibida, se añadió una fantástica expresión de estar viendo marcianitos verdes con antenas.

—¿La propiedad distributiva? —farfulló. Se le caía el labio inferior.

La situación empezaba a ser violenta. En teoría, habíamos sacado aquel tema de conversación para darle la oportunidad de apabullarnos con sus conocimientos y de sentirse superior a nosotros; en una palabra: hacernos agradables. Pero el tiro nos estaba saliendo por la culata...

... De modo que traté de salvar la situación poniendo cara de sorpresa y señalando con el dedo uno de sus cardenales.

—¡Eh, Gual! ¿Qué te ha pasado? ¿Cómo te has hecho esto?

Le estaba ofreciendo una magnífica oportunidad para dárselas de tío duro. En aquel momento, debería haber sonreído con bravuconería y haber dicho algo así como: «Bah, ayer tuvimos una pelea con unos mierdas de *punkies* y les hicimos polvo», y nosotros habríamos comentado: «¡Oh, Gual, qué fantástico...!».

Pero la cosa fue de otra manera.

—¿Y a ti que te importa, enano? —ladró.

Bien, seguramente había recibido más de lo que había dado. Sin perder ni los ánimos ni la sonrisa, ataqué por otro flanco:

—¡Eh, qué moto más guai, tío...!

Me miró. Me di cuenta de que empezaba a pisar terreno peligroso. Pili me estaba dando codazos desde hacía rato, pero yo no soy de los que se rinden a las primeras de cambio. Lo intenté de nuevo, con la boca cada vez más dolorida a causa de la sonrisa forzadísima:

—¿Y la cámara fotográfica? De alucine, ¿no?

Me cogió por el chándal y me levantó un palmo del suelo.

—Pero, ¿se puede saber qué te pasa, tío mierda? ¿Qué estás buscando? ¿La hostia perdida? —Me salpicó toda la cara de saliva.

—¡Tan sólo intentaba serte simpático, Gual...!

Me propinó un empujón que casi da con mis huesos en el otro extremo de la calle.

—¡Pues ve a hacerte el simpático con la madre que te parió!

Había ido a parar tan lejos que, de haber querido acercarme para continuar discutiendo la jugada, habría tardado media hora larga. De modo que me rendí.

—Pues sí que nos ha salido bien la estratagema... —ironizó Pili—. ¿Qué piensas hacer ahora?

—Cada vez estoy más interesado por esta cara nueva que le han hecho a Elías —dije, muy pensativo. Pero lo cierto es que empezaba a preocuparme otra cosa—. Esta tarde me gustaría oír la versión del *Puti* sobre la pelea de ayer...

—¿Del *Puti*? —se escandalizó Pili—. ¿Te propones ir a ver al *Puti*?

—A *La Tasca,* sí... —dije justo cuando llegábamos al bar de nuestros padres. Viendo la cara de preocupación de mi hermana, agregué—: ¡Oh, no te inquietes! Sé hacerme el simpático... Soy un especialista en caerle bien a la gente...

Mientras comíamos, y en el taller de la tarde, lo que absorbió mis pensamientos fue encontrar la manera de hablar con el *Puti* en *La Tasca* sin que Gual estuviera presente.

En el taller hacíamos una revista, de modo que tenía a mi alcance una máquina de escribir. Me la apropié y escribí en una cuartilla: «Si te interesa un trabajo fácil y muy lucrativo, ve al *Sótano* de Gran Vía, cerca de la Universidad *(esperaba que aún existiera aquel bar donde solían reunirse* heavies *de toda Barcelona),* entre las cinco y media y las seis y media *(de este modo, no tendría tiempo de pasarse por* La Tasca *para consultar con sus amigos, y yo dispondría de un margen de una hora para mi trabajo)* y hablaremos de negocios.»

Era arriesgado, porque si Elías investigaba en la escuela, podía averiguar qué máquina se había utilizado. Pero sólo con imaginarme a Elías investigando, con aquella cara de muermo que se le había puesto al mediodía, me venían ganas de reír. Lo que me interesaba era que el mensaje le picara la curiosidad y fuera a ver de qué se trataba.

Lo consulté con María Gual.

—¿Qué te parece? —le dije.

—¡Oh, *Flanagan,* es fantástico!

—¿Tú crees que esto le alejará?

—¡Claro que sí! ¡Yo misma se lo daré y le convenceré! ¡Oh, *Flanagan*, qué emocionante! ¿Y te presentarás en *La Tasca*?

—Por supuesto. ¿Para qué imaginas que estoy montando toda esta peripecia?

—¡Oh *Flanagan*, ¿puedo acompañarte?!

—¡Naturalmente que no! —Alcé tanto la voz que todos mis compañeros del taller de periodismo se volvieron para mirarme. Les devolví la mirada, muy digno y, para que quedara muy claro, repetí, ahora dirigiéndome a toda la clase—: Naturalmente que no. —Y, alejándome de María, le susurré al oído a una chica bajita que me miraba divertida—: Na-tu-ral-men-te... que no.

Se rió la chica, se rió el resto de la clase, y la profe me dijo que por favor, si no era mucho pedir, que dejara de hacer el payaso.

Le contesté que sí, que con mucho gusto.

Al salir de clase, observé de lejos cómo María le daba la nota a su hermano. Después, ella misma me explicó cómo había ido:

—Toma... —le había dicho a Elías—. Me lo ha dado un señor muy bien vestido, de terciopelo rojo, con un parche en el ojo. Debía de ser tuerto.

—¿Por qué le has dicho que llevaba un traje de terciopelo rojo? —pregunté, horrorizado.

—Para darle un aire de misterio al asunto...

—¡Y tuerto, jopé...! —gruñí. Y, recuperándome—: ¿Y qué te ha dicho?

—Lo mismo que tú: «¿Vestido de rojo? ¿Tuerto? ¿Con un parche...?», y yo le he contestado que sí, que sí, que parecía forrado de pasta y que quería hablar con él a toda costa...

—¿Y por qué no me ha dado la nota personalmente? —le había preguntado Elías, dando muestras de una mínima inteligencia.

—¡Ah, eso no lo sé...! No habrá podido encontrarte —le respondió su hermana, tan frívola como siempre.

—Bien; abreviando... —corté yo el relato—. ¿Acudirá a la cita, o no?

—Sí. Se lo ha tragado todo. Ha dicho: «Bien, a ver de qué se trata.» Y parecía como inquieto, como si pensara que pudiera tratarse de alguien a quien él conocía...

—Lo que parecía ya me lo explicarás después. Ahora tengo que ir a *La Tasca*...

Lo que llamábamos *La Tasca* era en realidad el Bar Nando, el cuartel general de los *heavies* del barrio. Una panda de chicos entre los dieciséis y los veintipocos, con greñas, cazadoras y muñequeras de cuero claveteadas, que jugaban a ser peligrosos, bebían litronas a morro y te miraban con ojos turbios, como si estuvieran aburridos de la vida. Las mesas estaban acribilladas de inscripciones grabadas a punta de navaja. Abundaban las S dibujadas como un rayo, imitando el grafismo de las SS nazis: «KISS», «PASSAKONTIGO», «LORENSSO». En el televisor, un vídeo de los *Warlock in Concert* dando caña y ensordeciendo al personal.

Ahí es donde me fui a meter. Yo solo, sin María.

Me dije que no debía asustarme de aquella gente. En el fondo, si te mantenías lejos de los conciertos y de las provocaciones *punkies,* eran inofensivos. Eso sí: su espíritu de clan era tan fuerte que si no vestías a su estilo podían acabar pidiéndote explicaciones. De modo que no consideré oportuno presentarme en chándal y, al salir de la escuela, a las cinco, pasé por casa para cambiarme.

Botas, conjunto tejano y la camisa roja que mi madre siempre quiere tirar a la basura.

Para romper un poco el efecto *country,* entré en una tienda y me compré chapas de *Makoki,* de *Deep Purple, Kiss* y Bruce Springsteen, así como unas gafas estilo *Blues Brothers.* Con todo eso encima, ya me veía con ánimos de entrar en *La Tasca,* a no ser que la policía me detuviera por el camino.

El local estaba casi vacío cuando llegué. Sin embargo, en una mesa, llamando la atención como moscas en un plato de nata, el *Puti* y uno de sus cómplices contemplaban admirados las contorsiones de Doro Pesch, de *Warlock,* también conocida como la Tigresa Rubia.

Me acerqué a la barra preguntándome cómo me las arreglaría para acercarme a ellos. Mira por dónde, me temblaban las piernas.

—¿Qué quieres? —dijo bruscamente el camarero, que tenía cara de sentirse muy desgraciado, como Fernando Esteso.

—Una birra —dije yo, muy en mi papel. Y me dejé llevar por la inspiración, engolando la voz y poniéndome de puntillas («No te preocupes, aquí sirven cerveza a cualquiera. No la cagues ahora pidiendo una naranjada»)—: Y... llévales también un par de birras al *Puti* y a su amigo... —Me estaba soltando el pelo—: ¿Cómo se llama su amigo?

—Pedro. Le llaman *Piter.*

—Ah, sí, el *Piter...* Llévale una birra también a él... Ah, y unas... —Pero el camarero, que parecía muy desgraciado, ya había corrido en otra dirección. Esperé pacientemente mi cerveza, tamborileando con los dedos para seguir el ritmo de la música. Cuando me la trajo, le dije—: Ah, y también les sirves unas aceitunitas... Sí, al *Puti* y al *Piter.* ¿No te han dicho nunca que te pareces a Fernando Esteso...?

Me miró como preguntándose cuánto rato

le duraría yo en un callejón solitario y se fue a preparar las cervezas y las aceitunas.

Ya os lo podéis imaginar: al servirles, les diría: «De parte del colega de la barra», y ellos se volverían y alzarían las birras a modo de saludo, sonriendo, y yo tendría un motivo para acercarme a ellos, muy natural y desenvuelto. «Eh, *Puti,* ¿cómo te trata la vida...?»

El camarero les sirvió las cervezas y las aceitunas. Les dijo algo. El *Puti* y el *Piter* no le hicieron el más mínimo caso. Estaban alucinados con Doro Pesch, que cantaba el *Burning The Witches.* Empezaron a beber y a picar como si fuera muy normal que aquello les hubiera caído del cielo, como el maná.

Llamé al Fernando Esteso.

—Eh.

—Qué.

—Ponles también unas patatas. Unas «chips».

El Fernando Esteso se armó de paciencia.

—Mira, hijo —refunfuñó—. No quiero peleas en mi bar. Si buscas bronca, llamas desde una cabina y le pides hora al *Puti,* pero en otra parte.

—Pero, ¿de qué hablas, tío? Si sólo pretendía ser amable... Llévales unas patatas y diles que es de mi parte, hombre...

—Mira que si hay sarao, cuando lleguen los de la bofia les diré que tú eres el responsable y que pagarás los destrozos del local, ¿entendido?

—De acuerdo, tío. Pero no te preocupes, que no pasará nada...

Se resignó. Dio media vuelta y fue a buscar una bolsa de patatas. Le seguí con la mirada. Vi cómo llegaba a la mesa, cómo hablaba con el *Puti* y con el *Piter,* cómo les tocaba en el hombro para llamar su atención, cómo repetía todo lo dicho y me señalaba a mí y, por fin, se volvieron los dos.

Yo sonreí, e hice un ademán de brindis con mi birra.

Se incorporaron lentamente, encorvados y manteniendo las manos alejadas del cuerpo, como quien se prepara para propinar o esquivar puñetazos. Pero, ¿qué les pasaba? ¡Si yo sólo pretendía ser amable...!

Ambos eran muy delgados, llevaban días sin afeitarse y tenían el pelo muy negro, abundante y grasiento. Apenas si se diferenciaban por los bigotes y las patillas del *Piter,* que lo hacían un poco más *rocker* que *heavy.* El resto de las facciones casi les hermanaba: rostro huesudo, anguloso, chupado y duro, como cincelado en piedra. Por su expresión, se diría que estaban irritadísimos con la humanidad en general. Como si desde primera hora de la mañana toda la gente del barrio se los hubiera estado toreando y tomándoles el pelo, y acabaran de decidir que ya estaba bien.

Lo peor de todo era que me veían a mí como la gota que había hecho rebosar el vaso.

Traté de anticiparme:

—Eh, *Puti,* ¿no me conoces...?

Me señaló con su dedo índice de uña sucia, y me hizo el mismo efecto que si me apuntara con una *Magnum 357* cargada con balas *dum dum.*

—Eres tú quien no me conoce a mí —dijo—. No me gustan las bromas, ni siquiera cuando estoy de buen humor. Hoy tienes suerte, ¿de acuerdo?

Me pareció una persona un poco incoherente. Consideré que la ilación de sus pensamientos era bastante caótica. Pero no se lo dije. Tarde o temprano, en algún momento de su vida, ya lo descubriría por sí mismo.

—Pero qué pasa, colegui —dije con la sonrisa más ancha y más estrepitosa de toda mi carrera—. Si sólo venía a... —«Improvisa, *Flanagan,* improvisa y cómpralos, o la cosa empeorará»— a... devolveros la pasta que perdisteis ayer... *Pasta.* Aquello sí que lo entendía el *Puti.*

—¿Pasta? —dijo.

—¿Perder? —abundó el *Piter.*

—¿Dónde?

—¡Dónde, dónde, dónde...! —hice yo, jugándome vida—. ¿Dónde estuvisteis ayer por la noche?

—¿Anoche?

Tragué saliva.

—Ayer tuvisteis una buena pelea, ¿no?

—¿Ayer?

Aquella pregunta, y sus expresiones, significaban: «No.» Y aún significaban algo más: «No, y nos estás pareciendo muy sospechoso.»

Tragué más saliva. En mi boca había una inundación de saliva.

—¿Ayer no tuvo una bronca el Gual, que le dejaron la cara como un mapa...?

El ambiente se relajó un poco. Rieron, se miraron, intercambiaron codazos. Era evidente que tenían conceptuado al Gual como a un ser inferior que sólo merecía su desprecio y que le hicieran una cara nueva de vez en cuando.

—¡Ja, ja, ja, el Gual!

—¡Ja, ja, tienes razón!

—¡Ja, la cara como un mapa, sí...!

—Se lo hicieron los *punkies,* ¿no? —dije yo, haciendo un esfuerzo por reír a mi vez.

—¡Ja, ja, los *punkies*...!

—¡Ja, los *punkies,* dice!

Resultaba muy difícil mantener una conversación medianamente inteligente con aquel par de simios.

—Entonces, ¿quién fue...?

El *Puti* se moría de ganas de explicarlo. Supongo que le gustaba ridiculizar a Gual. Lo dijo en voz alta, para que se oyera en todo el local. Me pareció que imaginaba que Doro Pesch callaría un momento en el vídeo y escucharía atentamente:

—¡Al Gual le hinchó las narices un albañil de la obra de aquí al lado! El de la máquina de perforar. Se la tenía jurada desde hacía días, porque decía que la moto de Gual era demasiado ruidosa. ¡Y Gual decía que más ruidosa era la taladradora! Se la tenían jurada...

Este relato, sencillo y emotivo como la vida misma, hacía que el *Piter* se partiera de risa. Tenía que sujetarse el estómago para que no se le rompiera alguna cosa ahí dentro. De modo que yo aguanté mi sonrisa clavada con chinchetas. Empezaba a pensar que jamás llegaría a entenderme con ellos.

—... Y esta mañana aparece el Gual con la cara como un bistec. Y yo le digo: «¿Qué te has hecho?», y él me cuenta que anoche se cruzó con el albañil cerca del Parque, y que el otro le dijo algo de su moto, y que empezaron a calentarse... ¡Me gustaría haberlo visto! —rugía el *Puti*.

—¡Yo lo vi, yo lo vi! —intervine, para recordarles mi presencia—. Fue fantástico...

El *Puti* cambió automáticamente de expresión. Se puso serio para pronunciar la palabra mágica:

—¿Y qué decías de la pasta?

—Ah, sí. Que... —Volví a la historia que se me había ocurrido antes—: Mientras peleaban, a Gual se le cayó un billete de quinientas pelas... Venía a devolvérselo.

El *Puti* no se lo creía, pero si había pasta de por medio, no era cuestión de dejarla pasar volando.

—Dámelas a mí, ya se las devolveré yo —dijo.

Yo metí la mano en el bolsillo para sacar el billete que el día anterior me había dado Jorge Castell.

—No es necesario —sonó entonces la voz congestionada de Elías Gual—. Ya las cogeré yo mismo...

Había entrado en el bar sin que nadie se apercibiera, y ahora se materializaba ante mí como el genio de la lámpara de Aladino. Me miraba fijamente, reconociéndome como el crío que le había estado importunando a mediodía, posiblemente atribuyéndome la responsabilidad del anónimo que lo había enviado a la plaza Universidad para nada, y odiándome profundamente por todo ello. Me pareció que empezaba a considerar la posibilidad de asesinarme.

—... Perdonad que me haya retrasado, chicos —dijo con voz temblorosa—, pero he estado haciendo un negocio con un colega que juega fuerte. ¿No lo habéis visto nunca por el barrio? —Me escrutaba intensamente—: ¿Uno con un traje de terciopelo rojo? ¿Y tuerto? Pues me ha ofrecido un trabajo dabuti... ¡Ahora lo celebraremos... con la pasta que nos dará este mocoso!

Me supo mal, pero no pude dedicarle a su discurso toda la atención que sin duda merecía, porque, mientras hablaba, yo estaba descubriendo que me había dejado el dinero en casa, en el bolsillo del chándal.

No llevaba ni un duro encima.

3
La mejor manera de aprobar

Me llamo Juan Anguera, pero poca gente, aparte de mis padres o los profes, me conocen por el nombre. Algunos de mis amigos me llaman *Johnny* o *Flanagan,* a causa de mi trabajo. Otros me llaman *Anguila,* y si hubierais estado aquella tarde en *La Tasca,* sabríais por qué.

No les permití iniciar la frase: —Te crees muy listo, ¿eh?

Aún no habían empezado a pronunciar el «te crees», cuando salía volando hacia donde menos lo esperaban. Pasé por debajo de una mesa que lancé por los aires al incorporarme y, acto seguido, me vi haciendo una finta y unos cuantos zig-zags en un espacio donde apenas si podrían haber estado sentadas dos personas, y me vi en la puerta y fffzzzuuuummmmm, me convertí en un Objeto Volante No Identificado calle abajo, hacia el Centro, donde había más gente y más policía a la que pedir auxilio. Para demostrar que yo no era más que un pobre niño perseguido por monstruos, mientras bajaba aterrorizado, esquivando un buzón, un farol y una cabina telefónica, me quité las gafas y la cazadora acribillada de chapas.

Noté que los monstruos me seguían a unos

metros de distancia. También oí el grito desesperado del camarero que se parecía a Fernando Esteso: —Dejadlo, tíos, dejadlo... Había tenido muchos problemas con la policía y supongo que no quería que le acusaran de linchamiento en las proximidades de su local.

Me dejaron en paz, pues, y podéis creer que corrí con toda mi alma, primero hasta la plaza del Mercado y, después, campo a través, subiendo la pendiente de los Jardines hasta la montaña. Allí me detuve, contemplando la ciudad a mis pies y jadeando como un galgo.

Y, no obstante, una vez pasado el susto, las piernas me llevaron de nuevo, sin ninguna prisa, hacia el Centro, hacia los bloques donde estaba *La Tasca*.

Por supuesto que no debería haberlo hecho. Lo miraras como lo miraras, era un riesgo innecesario. Si lo que quería era volver a casa, podía haber bajado desde la Montaña, dando un rodeo por los Chalets y la escuela. Y si lo que quería era comprobar si Elías Gual había mentido, tampoco valía la pena, porque yo sabía de sobra que lo había hecho.

Lo tenía tan claro que empecé a elaborar mi teoría antes de llegar al edificio en construcción y hablar con el obrero.

Precisamente, los obreros estaban saliendo, con prisas para coger el metro que los llevaría a alguna ciudad-dormitorio de la otra punta de Barcelona. Seguramente, por el camino se cruzarían con otros obreros que trabajaban en aquel barrio y vivían en éste.

Pregunté por el hombre que manejaba la perforadora.

—¿Qué quieres?

—Mire: soy el hermano del chico que anoche se peleó con usted...

—¿Quién dices que se peleó conmigo?

—Mi hermano. El chico de la moto. El que siempre estaba haciendo ruido y decía que su perforadora...

—Ah, ya sé a quién te refieres. No soy yo. Me estás hablando de Núñez. El manejaba la perforadora, pero se fue ayer por la mañana. Por la noche ya no estaba aquí. Ahora soy yo quien se encarga de la máquina... Dile a tu hermano que se libró por un pelo, ¿eh? ¿Lo has entendido, chico? ¿Se lo dirás...?

—Sí señor.

Yo estaba pensando en despedirme. Pero él todavía tenía algo que decirme:

—Que se libró por un pelo y que estuvo de suerte.

—Sí, señor, ya se lo diré...

—Porque..., vamos a ver, ¿por qué buscaba tu hermano al Núñez este mediodía? ¿Qué quería? ¿Bronca...?

—¿Que mi hermano ha estado preguntando por Núñez este mediodía?

—Sí, ha estado aquí...

—Ah, no sé...

—¿Qué quería? ¿Bronca? Porque si es eso lo que buscaba, le dices que el Núñez ya no está, pero que hay otros, ¿eh?

—Muy bien —dije.

—En cuanto a eso que decías acerca de una pelea anoche... —El hombre no tenía ninguna intención de acabar la conversación sin dejarlo todo aclarado.

—Bien, no, que yo pensaba que... De hecho...

—Le dices a tu hermano que si de verdad quiere leña, aquí tenemos de sobra, ¿eh?

—Sí, señor. Se lo diré.

—¡Y que estamos hasta las narices de niños pijos, y de sus motos y de sus aires de gallitos!

—Y de sus aires de gallitos. Sí. —Yo iba tomando nota mental de todos y cada uno de los apartados que componían el complicado mensaje.

—Que le esperamos aquí.

—Bien.

—¿Se lo dirás?

—Sí.

—Muy bien. Entonces, díselo.

Por fin pude marcharme.

Por la noche, en casa, después de cenar, Pili y yo bajamos al almacén/despacho con la excusa de hacer los deberes. Se lo expliqué todo detenidamente a mi hermana. Así, repitiéndolo en voz alta, yo le seguía la pista al razonamiento y comprobaba qué detalles encajaban y cuáles no.

De modo que aquel mediodía, Elías Gual había ido a la obra y había preguntado por el albañil de la perforadora. Cuando le dijeron que ya no trabajaba allí, a Elías le había faltado tiempo, aquel mismo mediodía, para ir en busca del *Puti* y alardear de haberse partido la cara con el obrero. De este modo, se me dibujaba el perfil de un pobre desgraciado que quería hacer méritos ante los duros, a fin de que lo aceptaran en la banda, y que para conseguirlo se inventaba fabulosas peleas con obreros que ya se habían ido del barrio.

—Pero alguien tiene que haberle hecho eso en la cara a Elías —dijo Pili—. Y si no fueron ni el albañil ni los *punkies* de las Casas Buenas, porque ayer no hubo bronca..., ¿quién fue?

—Este es el primer misterio de dolor —le dije—. Pero creo que todavía nos faltan muchos datos para encontrar la respuesta. Me preocupa más el otro interrogante.

—¿Qué otro interrogante?

Dije:

—¿Cómo se lo monta Elías Gual para aprobar todos los exámenes?

Pili se quedó mirándome. No dijo nada. Tal vez aquello le pareciera secundario, teniendo, como teníamos, otros temas más apasionantes entre manos.

—Cuando le investigamos porque rondaba a Clara —proseguí—, descubrimos que dedicaba todo su tiempo a su moto, a hacer fotos, a beber cerveza y a dormir. Ahora resulta que además necesita horas para hacer méritos delante del *Puti.* ¿Cómo se las arregla para aprobar?

—Quizás... —Pili quería decir algo, pero se lo repensó.

—Porque no es que apruebe por los pelos... Fíjate: A principios de curso, el profe de Mates anunció que programaría un examen semanal para que nosotros mismos pudiéramos apreciar nuestros progresos en la asignatura. Daba por descontado que nadie lograría ni tan sólo acabar el primer examen... Y, de hecho, nadie lo consiguió..., excepto Gual. ¡Vivir para ver! Y así con todas las asignaturas: En todas las evaluaciones ha resultado ser el más brillante, el rey de reyes...

—Es el tercer año que repite —intentó Pili—. Algo le habrá quedado, después de oír lo mismo tres años seguidos...

—¡No tiene ni idea! —salté yo—. ¿No lo has visto este mediodía, cuando hemos hablado con él? ¿Tú habías visto alguna vez una cara de besugo como aquélla? —«¿Polinomios? ¿Qué es eso...?»

—Bueno, pues... —murmuró Pili.

La miré fijamente.

—¿Cómo aprueba? —repetí.

—¿Copiando? —sugirió ella, sin demasiada convicción.

Negué con la cabeza.

—No. Quien aprueba copiando no tiene los éxitos tan regulares. No siempre se puede copiar. Siempre llega el momento en que el profe se planta a tu lado, y ese día tienes que resignarte...

—Quizás han decidido regalarle de una vez el Graduado Escolar para que pueda ir a BUP, y hacen un poco de trampa... Como su padre insistió tanto...

—No —dije—. Precisamente porque su padre insistió tanto y se convirtió en un pelmazo, los de la escuela deberían estar interesados en demostrarles lo contrario, que más hubiera valido que Elías dejara la escuela el año pasado... Ahora, el padre no deja de atolondrar a los profes con la cantinela del «ya os lo dije yo: si os hubiera hecho caso, mi hijo se habría desgraciado para siempre...»

—Pues... —dijo Pili.

—Pues... —dije yo.

Quedamos unos momentos en silencio.

—Le ayuda un profe —dije de repente. Improvisando, lentamente, sílaba a sílaba—: Un profe le pasa fotocopias de los exámenes...

—¿Qué profe? —preguntó Pili.

· Pensábamos: ¿Isabel, la de Sociales? ¿El *Chepas,* que era el director de la escuela y profe de Lenguas? ¿El de Mates? Ninguno de los tres nos cuadraba. Además...

—... Además —dije—, que yo sepa, los profes no tienen acceso a todos los exámenes. Cada uno conoce los suyos, sólo los suyos. Si a Elías le ayudara el de Mates, Gual sólo aprobaría los exámenes de Mates... Si fuera Isabel, sólo aprobaría los de Sociales...

Y, curiosamente, tenía la sensación de estar acercándome a la solución del problema.

—Además —dijo Pili—, ¿por qué tendría que ayudarle un profe? Gual no es precisamente ni simpático ni halagador. Si alguna virtud tiene, es la de no ser un pelota...

—Chantaje —repliqué con naturalidad—. Imagínate que ha descubierto algo comprometedor para algún profe y le tiene atornillado, y por eso el profe se ve obligado a ayudarle.

Consideramos seriamente esta posibilidad y, después, nos echamos a reír.

—Vamos, vamos a la cama, que ya empezamos a desbarrar...

Subiendo las escaleras, Pili apuntó una nueva posibilidad.

—Lo más probable es que Gual haya logrado entrar en el despacho de la fotocopiadora, donde se guardan los exámenes. Tal vez tenga una ganzúa... ¿Que viene un examen? Espera a que el conserje haga las fotocopias, que las deja todas en los estantes, y después entra y se hace con una copia...

—¿Y eso lo hace cada semana? —pregunté, escéptico—. Porque el de Mates nos ha estado poniendo un examen cada semana, desde principios de curso. ¿Lo hace cada semana y nunca le han pillado?

Después, en la cama, le estuve dando vueltas y más vueltas a todo lo que habíamos hablado. Mi intuición seleccionaba palabras y conceptos caprichosamente, porque sí, al azar. Chantaje, sonaba bien. Sí, no sé por qué, pero me cuadraba el que Elías tuviera a un profe entre la espada y la pared y le obligara a ayudarle. Y lo que había dicho Pili subiendo las escaleras: —«En el despacho de la fotocopiadora, donde se guardan los exámenes, el conserje deja las fotocopias en los estantes...»—. Y otra cosa que había dicho yo: —«Los profes no tienen acceso a todos los exámenes. Cada cual conoce los suyos, sólo los suyos...»

El día siguiente fue muy intenso.

Como si hubiera digerido y elaborado en sueños todo lo hablado con Pili la noche anterior, ya desde primera hora de la mañana tuve la sensación de saber más de lo que sabía. Fui a la escuela con otro aire, miré al conserje de otra manera y reconocí ante Isabel que no había hecho los deberes.

—No, Isabel, no he hecho los deberes, lo lamento profundamente, sé que no tengo excusa, pero pienso que después de todo no llevo tan mal la asignatura en lo que va de curso...

—Está bien, está bien, siéntate —me cortó ella. Y llamó a otro que sí había hecho los deberes.

Yo me senté y miré por la ventana. Aquella sensación de estar acariciando con la punta de los dedos mi objetivo sin poder atraparlo, me producía cierta desazón...

El conserje salía de la escuela. Me llamó la atención porque aquello no era habitual. Alguna vez lo hacía: dejaba a su madre vigilando la puerta y él salía a hacer algún recado. Pero, en realidad, no podía hacerlo.

Con su guardapolvo gris, sus andares desangelados, con su pelo negrísimo untado de brillantina, caminaba por la acera rodeando el edificio, probablemente para dirigirse hacia el Centro.

Entonces se me encendió la bombilla.

Me levanté e interrumpí lo que estaba diciendo Isabel para pedirle que me permitiera ir al lavabo.

—¿Se puede saber qué te pasa, Anguera? —me preguntó, haciéndome perder unos segundos valiosísimos—. Te veo inquieto.

—Me encuentro mal —repliqué en tono amenazante, como aquel que dice: «Si no me dejas salir inmediatamente, vomitaré sobre tus zapatos.»

—Anda, ve —concedió ella.

Salí corriendo. Recorrí todo el pasillo hacia la parte posterior, donde están los lavabos que dan a la calle del super. Si me crucé con alguien, yo no le vi, y seguro que él tampoco me vio a mí. Entré en los lavabos como una flecha, pasé entre dos de BUP antes de que alcanzaran a esconder los cigarrillos y el «Playboy» que hojeaban con sonrisas extasiadas. Y, antes de que pudieran insultarme o decirme algo ingenioso, yo ya me había subido a una taza de wáter, había trepado hasta la ventana que tenía las rejas rotas y me había escurrido por la brecha, dejándome un jirón de chándal entre los hierros. Me imagino a los dos de BUP con cara de besugo, mirando la ventana como si por allí acabara de aparecérseles el Abominable Hombre de las Nieves.

Salté de la ventana a la calle. Casi fui a parar al carrito de una señora que intercambiaba chismes con otra.

En pleno vuelo, localicé la figura del conserje, con su guardapolvo gris, doblando la esquina, hacia el Mercado. Sin hacer caso de los gritos de las mujeres ni de los ladridos de un perro que también se había sobresaltado, me lancé tras él como si fuera a disputar los cien metros lisos y acabasen de dar el pistoletazo de salida.

A mi edad, cuando corres avanzas más que un adulto caminando. Esa ventaja me permitió volver a localizar el guardapolvo gris, entre el maremágnum de amas de casa regateadoras, antes de que entrara en la Caja de Ahorros.

Y, al mismo tiempo, todo lo que hasta entonces habían sido meras intuiciones iban convirtiéndose en razonamientos impecables. «Los profes no tienen acceso a todos los exámenes. Cada cual conoce tan sólo los suyos. En cambio, el conserje, en el despacho de la fotocopiadora, hace copias de todos los exámenes.» Si existiera alguien que conociera o pudiera conocer las preguntas de todos los exámenes, ése era el conserje. Y en mi cerebro resonaba la palabra *chantaje*. Y ahora le había visto haciendo algo que no debía hacer, abandonar su puesto de trabajo, y ése había sido el motivo de mi salida instintiva y precipitada.

Si me preguntaban por qué había tardado tanto, diría que me encontraba mal, que la noche anterior comimos algo en malas condiciones que intoxicó a toda la familia.

La Caja de Ahorros estaba llena de señoras, de niños atolondrados y de viejecitos que iban a solucionar sus problemas de las pensiones y a pasar cantidades insignificantes de dinero de libretas rojas a libretas verdes, o al revés. El conserje se había puesto al final de una cola larguísima. Con la libreta en la mano, daba muestras de impaciencia.

Le estuve observando.

Se llamaba Miguel, y nosotros le llamábamos *Pantasma*, porque era muy extravagante. Alto, de rostro blanquísimo, color leche tirando a ceniza, en contraste con el pelo, muy negro, peinado hacia atrás y aplastado con brillantina. Caminaba de puntillas, como al ralentí, sin tocar con los pies en el suelo, con los brazos desmadejados, igual que el malo de una película titulada *Pantasma* que se había estrenado poco antes de que él llegara a la escuela. De allí le venía el mote.

Al conserje anterior le habían despedido porque manoseaba a las niñas. Cuando vimos a éste por primera vez, todos pensamos que sería peor. Como un violador, o un vampiro, o un asesino, algo por el estilo. Después, había resultado inofensivo. Un poco raro, eso sí. Vivía solo con su mamá, pero la única excentricidad que se le conocía era la de ponerse en el centro del vestíbulo, tarareando una ampulosa sinfonía y dirigiendo una orquesta imaginaria con los brazos muy abiertos.

Ahora era el momento de decir: «Ya me lo veía venir yo que había alguna cosa rara en este hombre...»

Tenía para rato en la cola de la ventanilla, y yo no podía esperar más tiempo. Si hacía durar mucho más aquella intoxicación, se me llevarían del cole en ambulancia. Tenso por los nervios, de mala gana, regresé corriendo a la escuela. Aún faltaban ocho minutos para el recreo. Para entonces, el *Pantasma* ya habría acabado su trámite. Tendría que pedirle a Pili que hiciera lo mismo que yo había hecho para relevarme en la vigilancia.

Entré por la puerta principal. La madre del *Pantasma* tenía órdenes de no dejar entrar a nadie, pero no de prohibir la entrada a los alumnos, de modo que ni me miró.

Desde la puerta del aula llamé la atención de Isabel. Estaba tan concentrada en su explicación que tuve que insistir un par de veces. Puse cara de intoxicado.

—¿Qué quieres, Anguera? Entra y deja de hacer muecas. Siéntate y escucha...

—¿Puedo hablar un momento con mi hermana? —Isabel hizo un gesto de contrariedad. Añadí, para convencerla—: Es por una cosa de la familia.

Isabel accedió porque no quería perder el hilo de lo que estaba diciendo. Salió Pili. En menos de lo que canta un gallo le expliqué por dónde tenía que salir y lo que debía hacer.

—Pero eso es el lavabo de chicos —protestó—. No sé si podré hacerlo en el de chicas...

—Pues sal por el de chicos, Pili, no me vengas ahora con problemas sin importancia...

—Problemas sin importancia... Pues mira que si me pillan metiéndome en el lavabo de hombres...

—Les dices que eres un travesti —acabé la discusión—. ¡Corre!

—¿Y la seño?

—¡Ya hablaré yo con ella! ¡Corre!

Isabel estaba dibujando el perfil de un iceberg para demostrar que ocho novenas partes de su volumen permanecían sumergidas...

—Isabel... —dije. Me miró con la tiza en la mano, a la altura de la cabeza—. Que mi hermana también ha ido al lavabo... —Ella no se movía, como esperando alguna cosa más—. Es que... nos encontramos un poco mal del estómago a causa de algo que comimos ayer y... quizá estemos un poco intoxicados... Toda la familia... Por eso ahora, cuando se lo he dicho... Ella ha ido al lavabo.

—¿Me estás diciendo que, si no se lo hubieras dicho, ella no se habría dado cuenta de que estaba intoxicada...? —dijo Isabel.

—Se lo he dicho por si las moscas...

Los compañeros rieron de buena gana, e Isabel tenía muchas ganas de enseñarnos qué era un iceberg, de modo que dijo:

—Anda, va, pasa, pasa...

Y continuamos la clase.

4
¡Siga a ese coche!

Ya he dicho que aquel fue un día muy intenso.

Uno de los momentos de máxima intensidad se produjo en el patio, cuando yo buscaba a Pili para que me contara lo que había ocurrido con el *Pantasma,* y me encontré con la soberana bofetada que me propinó María Gual.

Pero una bofetada de verdad, de esas que uno recuerda de viejo, y las describe a los nietos con la cantinela: «Ahora ya no se dan bofetadas como las de antes. Me acuerdo de aquella que me dieron...»

Fue una bofetada de esas que suenan muy fuerte, tanto que paralizan los juegos de todo el patio y todo el mundo se vuelve para ver lo que ha pasado. Fue un estallido como de globo que se revienta, y me dejó instalado en la mejilla un escozor penetrante y persistente. Debía de tener los cinco dedos marcados en un tono grana rabioso.

O sea, que María Gual me dio una bofetada.

Después, naturalmente, echó a correr, piernas para qué os quiero, y yo la perseguí con la sana intención de devolverle el golpe. De camino, mientras hacía fintas, y ponía gente y objetos entre ella y yo para evitar el castigo, gritaba que me la debía, y de una forma desesperada y atropellada me dio ciertas explicaciones.

La noche anterior, Elías había regresado a casa hecho una fiera corrupia. Había descubierto el jueguecito de la nota falsa porque, según parecía, el bar *Sótano* había cerrado hacía tiempo, y, lógicamente, culpaba de todo a la hermanita que le había entregado el mensaje.

—¡... Y yo no tengo ninguna culpa de que cerraran aquel bar, te lo juro! —gritaba María.

Por lo visto, en casa de los Gual se había producido una situación muy parecida a la de ahora mismo en la escuela. Sólo que entonces quien había recibido el sopapo había sido María. Después, ella y su hermano habían corrido por todo el piso y Elías la había atrapado, la había levantado por encima de su cabeza y la había encerrado en el compartimento superior de un armario, con las mantas.

—Me quería meter en el armario. Me levantó así, por encima de su cabeza y yo pensé que iba a tirarme al suelo... Pero no. Me puso en el armario, con las mantas. Y quería encerrarme allí, y provocarme un ataque de claustrofobia hasta que me ahogara o me volviera loca...

Estábamos los dos jadeando, cara a cara, con un árbol de por medio.

—¿Y qué pasó? —pregunté.

—Que yo chillaba y vino mi padre y se sacó la correa y le dio una buena tunda a Elías, y eso lo arregló todo.

—Ah.

Hice como si me relajara, olvidando el agravio, y cuando ella se acercó recriminándome:
—Ya ves qué detective estás hecho, *Flanagan*, que te descubren a la primera...—. Me volví y le devolví lo que me debía. *Flas.*

María se puso a llorar a gritos, Elías salió de algún lado gritando: —Tú no le pones la mano encima a mi hermana...—. Los profes se interpusieron separándonos, impidiendo que Elías me matara y, después, regañándome, diciéndome que me había vuelto loco, negándose a aceptar como excusa el que ella hubiera empezado...

Más tarde, pude hablar con Pili.

¿Qué había hecho el *Pantasma* en la Caja?

—¿Qué ha hecho? Pues nada. Ha sacado dinero. Lo que se acostumbra a hacer en los bancos. ¿Qué imaginabas? ¿Que iba a atracarlo?

—Después. ¿Qué ha hecho después?

—Nada. Ha vuelto al colegio.

—¿Y qué está haciendo ahora?

—Está arriba, en el despacho de las fotocopias, preparando el examen de Mates de mañana.

—Ah, es verdad. Mañana toca examen de Mates. Eso significa que en algún momento, entre ahora y mañana por la mañana, el *Pantasma* le dará la fotocopia a Elías... No debemos perderles de vista, ni al uno ni al otro. Yo me encargaré del *Pantasma*. Elías me tiene muy visto.

Subí al despacho de las fotocopias en cuatro saltos. Pude observar de lejos el trabajo del *Pantasma*.

—¿Se puede saber qué miras? —me dijo abruptamente.

—¿Yo? Nada —contesté, muy inocente.

—Pues largo de aquí.

No le hice caso, por supuesto. Al contrario, me arrimé a la pared, preguntándome por qué últimamente la gente daba muestras de un humor tan agrio.

Elías, por poner un caso. Siempre había ido de duro, pero nunca se había pasado de la raya. Llegué a la conclusión de que aquel muchacho estaba metido en un lío. Y el *Pantasma* también. Parecía que le molestara mucho mi presencia. Y ése era un motivo formidable para que yo no abandonara mi puesto de observación.

Después tocaba volver a clase.

Con la excusa de que temía que Elías intentara zurrarme, les pedí a unos chicos del C que me lo vigilaran. A mediodía, a la salida, me dijeron que no se había movido del aula en todo el rato. Eso significaba que aún no tenía el examen del día siguiente.

Le dije a Pili que me excusara ante nuestros padres. Tenía que quedarme por allí, vigilando. Ya tomaría un *sandwich* en algún bar cercano.

Elías se montó en su moto y salió volando. No podía seguirle. Y me parece que tampoco tenía muchas ganas de hacerlo.

El *Pantasma* dejó la escuela en manos de los profes y los alumnos que se quedaban a comer y atravesó la calle, hacia los chalets. Vivía justo delante de la escuela, en una de las casitas con jardín, y su teléfono estaba permanentemente conectado con el del colegio. Eso le convertía en una especie de guardián perpetuo, de día y de noche, laborables y festivos, siempre comunicado con su lugar de trabajo.

Entró en la casa y yo me deslicé subrepticiamente en su jardín.

A diferencia de los Gual, que también vivían en los chalets, el conserje cuidaba mucho su jardín, que no había convertido en huerto. En él se respiraba olor a césped, y tenía flores de muchas clases y de muchos colores diferentes. Era fácil imaginarle regando las plantas, protegiéndolas del pulgón y hablándoles en voz baja cuando nadie le oía. También resultaba fácil imaginarle acariciando un gato o haciendo punto.

Espié por una ventana. La madre del *Pantasma*, una especie de sargento de caballería de cabellos blancos y alborotados, le había preparado la sopita, el vino, la gaseosa y probablemente la carne, en un plato tapado con otro plato. Se besaron melindrosamente, se dijeron algo que no entendí y él pasó a otra habitación.

Me desplacé hacia la ventana contigua. Era primavera y daba gusto gozar de un sol que había escaseado durante mucho tiempo. Seguramente, ésa era la razón de que la madre del *Pantasma* hubiera abierto todas las ventanas. Y gracias a ello pude ver un dormitorio de soltero. Era sobrio hasta el más catastrófico de los aburrimientos. El único adorno que le confería un poco de alegría era una amarillenta foto de su difunto padre.

Le vi entrar. De repente, sus gestos me parecieron inquietos y furtivos. Sacó un sobre blanco del interior del guardapolvo. Le temblaban las manos. Aquello era tan importante que me escondí tanto como me fue posible y se me pusieron todos los músculos en tensión. Presencié cómo extraía del sobre los billetes que había sacado de la Caja de Ahorros por la mañana.

Billetes de cinco mil. Muchos. Muchos. Los contaba rápidamente. Se le caían al suelo. ¿Qué le pasaba? Yo quería contarlos con él, pero era imposible, dado su nerviosismo. Se le cayó el sobre, lo recogió, se le cayó un fajo de billetes, lo recogió de nuevo. Mientras estaba recuperando billetes debajo de la mesa, distinguí seis montones encima. Calculé que cada uno podía tener diez billete de cinco mil (o tal vez había más) y aquello sumaba... ¡Trescientas mil pesetas! Y diez billetes más por los suelos redondeaban un total de trescientas cincuenta mil pesetas.

Un momento, un momento, un momento... Yo iba a por un inofensivo estudiante que copiaba los exámenes... La aparición de tanta pasta en el argumento viraba las cosas hacia un color más oscuro que no sabía si me gustaba. Bien, debía reconocer que el caso ganaba en emoción y en interés, y que el corazón me palpitaba más excitado, y que sentía que la sangre me corría por las venas a un ritmo más *heavy,* pero eso no significaba que todo aquello me gustara. Gustar no era el verbo exacto, no.

¿Qué hacía el *Pantasma* con toda aquella pasta? Separaba dos montones para él (calculé unas cien mil pesetas), los guardaba en un cajón y el resto (doscientas cincuenta mil) lo metía en un sobre de papel de embalar, y éste en una bolsa de plástico de la perfumería *Lolita* del barrio.

Salí del jardín para tomarme un bocata en un bar cercano, y pasé el rato observando la casa del *Pantasma* y pensando.

No me empeñaba en entender nada referente al fajo de pasta que tenía el *Pantasma.* Sabía que, de momento, no encontraría explicación alguna para ello. Me faltaban datos. Lo mismo que me faltaban datos para saber quién le había hinchado las narices a Elías, dos noches atrás. Me faltaban datos. Pero sabía que acabaría encontrándolos. Acabaría por averiguarlo todo.

Mi amor propio estaba en juego.

A las dos y cuarto, el *Pantasma* salió de casa con la bolsa de plástico blanco con la inscripción *Lolita.* No se le notaba en la cara que llevara doscientas cincuenta mil calas allí dentro. Tenía una expresión de lo más normal.

A lo largo de la tarde, Elías no se puso en contacto con él. Al parecer, Elías tenía sus propios problemas.

Le dije a Pili que le siguiera a las cinco, cuando terminaran las clases.

—Sí... Pero si va en moto, como el mediodía...

—Ve directamente a *La Tasca.* Asómate por allí para ver si se reúne con el *Puti...* A ver qué hacen...

—¿Y tú? —dijo ella. Era evidente que no le entusiasmaba la idea de tener que ir a *La Tasca.*

—Yo vigilaré al *Pantasma.*

—¿Pero a quién estás investigando? ¿Al *Pantasma* o a Elías?

—No lo sé. Ahora ya no lo sé.

En el taller de periodismo, María Gual se me acercó, mimosa, como si no nos hubiéramos dado ninguna bofetada.

—¿Cómo tenemos el asunto, *Flanagan?*

—Interesante —dije. Y empecé a explicárselo. A fin de cuentas, ella era la promotora de la investigación—: He llegado a la conclusión de que si tu hermano aprueba los exámenes...

—¿Vendrás a la fiesta del sábado? —me cortó.

—¿Qué?

—El sábado. Pasado mañana. Damos una fiesta. ¿Vendrás?

—Ah, no —¿cómo podía pensar en fiestas de sábado mientras teníamos aquel caso entre manos? ¿O lo había olvidado todo después de la bofetada? En todo caso, quien no estaba dispuesto a olvidarlo era yo.

—Vendrá Clara —dijo con aires de insinuación.

—Razón de más —desde que había empezado a comercializar el informe *Clara Longo Pella,* me sentía un poco inseguro cuando Clara estaba cerca. No sé si ello se debía a un sentimiento de culpabilidad o al instinto de conservación—. Bien, pues, como te decía...

—Ahora siempre salgo con Clara —insistió María—. Los chicos se fijan más en mí si voy con ella.

—Está bien —dije. Y me fui al otro extremo del aula.

A las cinco salí entre los primeros, le encargué a Pili que les dijera a nuestros padres que quizá llegaría un poco tarde, y me planté de centinela en la primera esquina, parapetado entre dos coches, simulando que esperaba a alguien.

Salieron los chicos, y después los profes; aparecieron algunos padres que entretuvieron a los profes hablando de los chicos, y, hacia las cinco y media se vació la calle y salió por fin el *Pantasma,* pulcro y parsimonioso, sin el guardapolvo gris. Vestía una chaqueta azul cruzada con botones dorados, pantalones negros, zapatos tan brillantes como su peinado, camisa blanquísima y corbata a rayas azules, grises y blancas. Con todo esto quiero decir que iba excepcionalmente elegante. Con un gusto un poco antiguo, pero elegante a su manera.

Y llevaba la bolsa blanca de *Lolita.* Con las doscientas cincuenta mil pesetas dentro.

A los dos nos sorprendió la repentina aparición de Elías. Paró su moto junto al *Pantasma* y le dijo algo.

El *Pantasma* le contestó que se largara con la música a otra parte. Elías se enfadó, gesticulaba convulsivamente. De pronto, el *Pantasma* le agarró por la camisa y le gritó a la cara. Y, en aquel momento, parecía el hombre más peligroso de la tierra, y Elías era tan sólo un pobre adolescente tembloroso, disfrazado de *heavy* y zarandeado por un energúmeno.

—¡Que me dejes en paz! —oí—. ¡Que las

cosas han cambiado! ¡Que se acabó lo que se daba!

Lo empujó contra unos coches aparcados y continuó caminando, muy digno. Elías, con la dignidad hecha añicos, no se atrevió a moverse ni a rechistar.

Yo crucé a la otra acera y pasé corriendo, piernas para qué os quiero, confiando en que Elías no me viera y no descargase en mí toda la frustración provocada por el conserje.

El *Pantasma* subió sin prisas hacia el Centro, procurando pisar siempre sobre lugares asfaltados para no ensuciarse los zapatos. Le di un poco de ventaja y le seguí. No era la primera vez que seguía a alguien y conocía algunos trucos que daban resultado.

Más que al sujeto en cuestión, que iba unos veinte metros por delante, yo observaba posibles escondites, por si el perseguido se volvía de repente. Pero la experiencia te enseña que la gente no acostumbra a volverse continuamente cuando va por la calle, lo que facilita las persecuciones y el tránsito en general.

De modo que ambos llegamos al metro sin ningún problema. Allí, confundido entre la gente y aprovechando que no soy demasiado alto, desde el otro extremo del vagón, procuré no perder de vista la bolsa blanca de *Lolita*.

Era el momento de las reflexiones. Estaba claro que el chantaje que Elías le hacía al *Pantasma* se había ido al cuerno. Algo había cambiado. Al día siguiente, Elías suspendería el examen de Mates.

Bajamos en plaza Catalunya. Él primero. Yo, después, cuando las puertas estaban ya a punto de cerrarse.

Salimos a la rambla de Canaletas. Las multitudes continuaban favoreciéndome.

Mientras esperaba que cambiara el semáforo para cruzar hacia donde se halla el bar *Núria,* el *Pantasma* consultó su reloj. Cruzó y entró en una cervecería que no tenía puertas en aquella época del año. Yo le podía observar tranquilamente desde el paseo central de la Rambla.

El *Pantasma* dejó la bolsa blanca en una percha que quedaba por encima de su cabeza. Aquello me extrañó. La bolsa de *Lolita* quedó bien visible, como una bandera sobre la madera oscura que recubría las paredes del local.

El *Pantasma* miró de nuevo su reloj. El camarero le trajo una cerveza. Pasaron tres minutos. El *Pantasma* consultó de nuevo la hora, bebió cerveza y miró su reloj por cuarta vez.

Estaba nervioso y me estaba poniendo nervioso a mí.

Ambos estábamos obsesionados por las doscientas cincuenta mil pesetas que había en el interior de la bolsa.

Por fin, después de una nueva mirada al reloj, se levantó, habló un instante con el camarero, que le indicó algo: «al fondo, a la derecha», y hacia allí se fue el *Pantasma,* dejando sola la bolsa de *Lolita,* llamando la atención desde lo alto de la percha.

Entonces entró otro hombre en el local. Llevaba una bolsa azul, blanca y amarilla muy chillona, donde se leía *Oasis.* La dejó en el mismo perchero, justo al lado de la de *Lolita.*

El hombre lucía gafas oscuras. Pelo castaño rizado, piel quemada por el sol, como si se hubiera pasado el invierno en una estación de esquí; cazadora de cuero, modelo italiano, última moda y pantalones muy modernos, abombados en la cadera, con pinzas. Habló brevemente con el camarero. Parecía desenvuelto y simpático. Muy extrovertido, se rió al enterarse de que no era aquél el local que buscaba. El camarero salió a la calle y señaló hacia arriba, hacia el otro lado de la plaza Catalunya. «Ah», hizo el Moreno de la Nieve. Volvió hacia el perchero...

... Cogió con toda naturalidad la bolsa de *Lolita*...

... Y salió caminando con unas zancadas, muy, muy largas.

Aquello era muy importante. No sabía en qué sentido, pero lo era. Ya sabía dónde encontraría al *Pantasma* si lo necesitaba. Ahora necesitaba saber a dónde iban a parar aquellas doscientas cincuenta mil pesetas.

Corrí siguiendo al Moreno. El tío, caminando, casi iba más rápido que yo corriendo. Cruzamos Pelayo, pasamos por delante del bar *Zurich* y del cine Catalunya, y giramos por Bergara.

Allí hizo señales a un coche. Un Opel Kadett. Dentro le esperaba alguien. Una mujer con una exuberante melena rizada.

Se me secó la boca. Pensé: «¿Llevas dinero?»; me contesté: «Sí, hoy sí.» Apresuré el paso dejando atrás el Opel y vi acercarse un taxi con la lucecita verde encendida. Le hice señales y salté a su interior.

El Opel Kadett estaba parado en el semáforo.

Yo saqué los billetes de doscientas y quinientas que llevaba arrugados en el bolsillo y se los mostré al taxista.

—Oiga, oiga, ¿ve esto? —El taxita miró los billetes y arqueó las cejas en señal de interrogación—. ¿Ve ese Opel Kadett? ¿El que lleva una pegatina del Snoopy Esquiador? —El hombre miró el coche y me miró de nuevo a mí—. ¿Qué le parece si le digo: «Siga aquel coche»?

El taxista parpadeó.

—Que lo sigo.

—Pues sígalo —dije.

Y lo seguimos.

Cinco minutos más tarde llegué a la conclusión de que me había vuelto loco. Las mil pesetas que acababa de ofrecerle al taxista me habían costado mucho de ganar. ¿Quién me las devolvería? María Gual no, porque parecía haberse olvidado del caso.

Pero, claro, no estaba dispuesto a decirle al taxista que lo dejáramos. No ahora que estaba en la pista de un caso en el que había mezcladas doscientas cincuenta mil pesetas.

—Oiga —dije—. Cuando llegue a novecientas pesetas pare, ¿eh?, que sólo tengo mil...

El chófer asintió con la cabeza. Yo esperaba que me preguntara a qué se debía la persecución, pero no lo hizo. Era una de esas personas que no sienten curiosidad por la vida de los demás. Justo al contrario que yo.

Empecé a sentir curiosidad, incluso por la falta de curiosidad de aquel hombre. Me habría gustado conocer la razón de que aquel taxista no se interesara más por el hecho de que un crío como yo, con la mochila de ir a la escuela y un chándal con rotos (los que me había hecho con la reja de la ventana del lavabo aquella mañana; a ver qué le diría a mi madre, y qué me contestaría ella), subiera a su coche y dijera: «Siga a ese Opel Kadett».

Pero, poco a poco, mi atención se fue desviando. Porque nos estábamos acercando a mi barrio. Al principio temí que fuéramos a salir de Barcelona, pero en el último momento giramos hacia los chalets y me encontré yendo directamente hacia el barrio donde vivíamos yo y el *Pantasma*.

El taxímetro marcaba setecientas veinticinco cuando cruzamos el Centro, el semáforo de la plaza del Mercado, y empezábamos a subir por la Montaña, bordeando el Parque. Parecía que nos dirijiésemos a la Textil.

—No se acerque tanto, que nos verán.

En aquella zona había poco tráfico. Yo empezaba a sentirme excitado e intuía cuál era el destino de los dos *modernos* del Opel Kadett.

Torcimos a la derecha, metiéndonos en un camino sin asfaltar.

Bingo. Lo había adivinado.

—Dé media vuelta y regrese hacia el centro del barrio —dije.

Aquel camino sin asfaltar, tal como indicaba el cartel mal escrito clavado en un árbol seco, conducía a los *Talleres Longo,* propiedad del *Lejía,* Tomás Longo, el padre de Clara.

Según me contó Pili aquella noche, Elías Gual (después de su frustrada entrevista con el *Pantasma)* había ido a hablar con el *Puti* y su banda, en *La Tasca.* Allí habían mantenido lo que parecía una conversación muy apasionante, con Elías llevando la batuta en todo momento. Por lo visto, tenía muchas cosas que contarles, y todas les interesaban mucho a los otros. Bebieron muchas cervezas y, a las nueve, hora en que Pili tuvo que volver a casa, seguían de palique.

Mi madre, al ver el roto del chándal, puso el grito en el cielo. Me dijo que me haría un zurcido y santas pascuas, que no estaban los tiempos para comprar chándal nuevo, y que si quería ir vestido como una persona que dejara de hacer tanto el bestia. Yo dije:

—Sí, mamá —claro. ¿Qué podía decir?

En la cama, antes de dormirme, hice un resumen de aquel día tan intenso y comprobé que los datos encajaban bastante bien. Ahora ya sabía lo que había pasado entre el *Pantasma* y Elías, así como el porqué de las doscientas cincuenta mil calas y cuál había sido la participación del *Lejía* en todo el asunto.

Bueno, no lo sabía exactamente, pero podía imaginarlo. Para saberlo con certeza, tan sólo debería hacer un par de gestiones sin importancia.

La primera, ligarme a Clara Longo.

5

¿Qué hace un heavy como tú en una fiesta como ésta?

Lo primero que hice el viernes fue ir en busca de María Gual y decirle:

—Empieza a preparar a tus padres. Tu hermano suspenderá hoy el examen de Mates y no creo que apruebe ninguno más en lo que queda de curso.

—¿Cómo lo sabes? —se sorprendió ella, maravillada.

—Otra cosa: Todo esto, hasta ahora, me ha costado mil pelas...

—Eh, eh, eh, que somos socios... —protestó ella.

—Antes de serlo, me debías quinientas, ¿te acuerdas? Las necesito esta tarde. Si no me las traes... me encargaré de que Elías vuelva a aprobar.

—¡Oh, no! ¡Eso no! —gritó horrorizada.

Lo sabía. Más importantes que su interés por el cobertizo y por asociarse conmigo, eran los celos que María sentía por su hermano, y las ganas de que sus padres le castigaran. Ahora que tenía la oportunidad de recuperar su privilegiado papel de reina de la casa, no la dejaría escapar así como así.

—Ah, otra cosa —dije finalmente. Carraspeé—: Hmmmm... He decidido que mañana... —Me miré las uñas—... Iré a la fiesta de octavo...

—¡Oh, fantástico! —exclamó.

Mirando fijamente una minúscula pintada a bolígrafo inscrita en la pared, esforzándome inútilmente por leerla, concluí:

—Ah... y háblale de mí a Clara... —carraspeé de nuevo, todo lo fuerte que pude, como una cortina de humo, como en un intento de que María se preguntara si había oído bien lo que acababa de decir.

—Oh... —dijo ella, con toda naturalidad—: Si no hacemos más que hablar de ti todo el día...

Y allí me dejó, petrificado, con todos los pelos de punta.

Después, el examen de Mates. Diez ejercicios de la lección una a la lección diez, y el sermón de todos los viernes.

—... Es muy probable que no podáis acabarlo, pero no debéis preocuparos. Este examen sirve tan sólo para que vosotros, y yo, naturalmente, y vuestros padres, y si es necesario, todos juntos, podamos comprobar los progresos que habéis realizado a lo largo del curso.

«*Descomponed en factores las siguientes funciones polinómicas:*»

a) $f(x) = x^2 - 4$
b) $g(x) = x^4 - 16$
c) $h(x) = 4x^6 - 25$

Al acabar, los de octavo C nos informaron de que Elías Gual se había marchado de la clase sin entregar el examen, aduciendo que le dolía muchísimo el golpe que unos días atrás se había pegado contra una puerta.

A mediodía, María intentó regatear:

—¡Ah, no! Mi hermano no ha suspendido el examen. ¡Se ha ido porque no se encontraba bien...!

—Sabes tan bien como yo que hacía teatro. La pasta.

Por fin me pagó. Quinientas. Por fin. Quien cobra aún descansa más, como se suele decir.

Después pasó el taller de la tarde, y vino Antonia Soller protestando porque no encontrábamos su perro. Decía haber observado que no lo buscábamos con el suficiente interés. Estuve hablando con ella en el despacho, demostrándole con los informes mecanografiados por Pili todas las gestiones que habíamos hecho hasta el momento. Y, apenas se fue ella, entraron dos chicas de octavo A, muy excitadas ante la perspectiva de la fiesta del día siguiente, pidiendo informes sobre Jorge Castell. Pensé que a Jorge Castell le gustaría mucho saberse tan solicitado.

Mi padre interrumpió aquella consulta:

—Venga, dejad de jugar y saca tus cosas de aquí, que el lunes vienen los albañiles y los pintores. Después me ayudarás a retirar las cajas...

Que yo recuerde, a Philip Marlowe nunca le ocurrió nada parecido.

Bien, y se hizo de noche, y nos fuimos a dormir, y salió de nuevo el sol, y había llegado el gran día.

Ejem. En aquella época, mi relación con las chicas era un poco difícil. Mientras muchos colegas se pasaban las horas hablando de que si ésta, de que si la otra, de que si la delantera, las tetas, los botijos, las domingas y otras mil palabras diferentes que significaban lo mismo, yo todavía veía lejano el día en que me encapricharía de una chica, saldría con ella y le pediría si quería hacer manitas en el cine. Esta perspectiva tenía para mí un regusto empalagoso y un color rosa cursi, y me seducía tan poco como pasearme por la calle disfrazado de Reina de las Hadas.

Diríamos que me hallaba a medio camino entre el niño y el adulto. Eso que se llama adolescencia, y que pone tan nervioso.

Bien, el caso es que, antes de darme cuenta, ya estaba en la fiesta, en el aula de octavo A.

Habían retirado las mesas para hacer sitio, y las habían alineado contra la pared, convirtiéndolas en una especie de bufet con naranjada, coca-cola, patatas chips, crecs, crics, panchitos y otros suculentos manjares, alternando el *heavy* con el *tecno,* los *Hombres G* con *Beat Street,* dependiendo de quién se hallara más cerca cuando acababa el disco anterior. Los *breaks* se obstinaban en hacer demostraciones. Los *heavies* subían el volumen del aparato. Los *tecnos* se creían muy listos. Añadían a la coca-cola chorros de una botella de ginebra que habían traído a escondidas. Los de octavo C soltaban la mano tonta y hablaban de delanteras y de domingas. Las chicas controlaban la situación, haciendo de anfitrionas, contándose secretos a susurros, riendo y tapándose la boca con la mano. La mayoría esperaba la aparición del *Guaperas* de BUP. La mayoría de los chicos daba la impresión de no saber exactamente qué se esperaba de ellos. Jorge Castell estaba muy solicitado por las dos chicas que la noche anterior habían hablado conmigo. Tres chicos trataban de contarle, todos a la vez, el argumento de *Rocky IV* a Antonia Soller. Cada uno de ellos intentaba gritar más que los otros, recordar más detalles y relatar las secuencias más interesantes. A Antonia Soller le importaba un comino *Rocky IV,* y no le gustaba el boxeo, pero sonreía halagada y se dejaba querer.

Y Clara Longo estaba acorralada por una legión de admiradores incondicionales que le salían al paso, la ahogaban, derramaban sus bebidas sobre ella y no sabían de qué hablar.

Lo tenía muy difícil, si pretendía llegar hasta ella. Y, después de todo, tampoco yo sabía de qué hablar. Y María se me había venido encima desde el mismo momento de mi llegada y casi no me permitía ni mirar a su amiga del alma.

Tenía muchas cosas que contarme, María. Oh, sí. La desesperación de su hermano, por ejemplo. No había hablado del examen en casa la noche anterior, pero se le veía frenético, de mal humor. Su padre había tenido que amenazarle con romperle el tocadiscos en la cabeza si no bajaba el volumen de una puñetera vez.

—Hola, *Flanagan* —sonó tras de mí una voz que ponía los pelos de punta.

Me volví lentamente, como para dar a entender que no existía voz alguna capaz de ponerme, a mí, los pelos de punta.

Y me vi frente a Clara Longo.

Era una sinfonía en rojo y negro. La melena sujeta con una pinza roja, cazadora negra satinada con una cremallera muy ancha de arriba abajo, minifalda roja, medias negras y zapatos planos rojos.

La mirada de sus ojos, de un azul intensísimo, profundos y pintados, fue un puñetazo en la mandíbula que me hizo girar como una peonza y me proyectó contra la mesa de las bebidas. Sus labios anchos, su sonrisa seductora, fueron como unos directos al estómago, capaces de convertirme los intestinos en puré. La línea de su cuerpo, de sus piernas/medias/negras, sentí que me estrujaba los pulmones como si fuera una bayeta empapada. Y, en fin, toda la cruel, perversa, adulta belleza que se desprendía de aquella chica fue como una patada entre pierna y pierna capaz de hacerme gritar, doblarme en dos y caer de bruces al suelo, completamente desmadejado.

Ella sonrió, inocente, como si no tuviera nada que ver con todos aquellos estragos.

Yo también sonreí.

—Tenía ganas de hablar contigo, *Flanagan* —dijo.

—¿Ah sí? —dije yo, como si se me antojara una pretensión muy curiosa.

—Me han contado que tienes un despacho y que haces investigaciones por encargo...

—Oh, bien, estooo... —Hice ademán de quitarle importancia a la cosa. Como quien dice: «Niñerías.» Consciente de haberme ruborizado intensamente, estrujé, sin darme cuenta, el vaso de papel que tenía en las manos y me manché las manos de naranjada. Reí sin ganas, me quise morir y simulé que lo del vaso había sido a propósito—: Oh, la chica más guapa de la escuela y nadie me había avisado...

Esbozó una sonrisa condescendiente, copiada de la Tina Turner de *Mad Max III.* Alguien le había hecho creer que con aquella caída de ojos ponía de rodillas a los chicos. Oí que me decía: «Ya sabes de qué quiero hablarte... Informe *Clara Longo Pella*», e intenté anticiparme señalándola con el dedo:

—Veamos... ¿Cómo se liga con Clara? Para empezar, se le habla de Mickey Rourke, tal vez... ¿Has visto *Manhattan sur* o *Nueve semanas y media?* ¿... O prefieres que hablemos de *Iron Maiden?* ¿O tal vez de *AC/DC?*

Es alucinante la cantidad de tonterías que se pueden llegar a hacer cuando a uno le gusta una chica y no sabe qué decirle, y escoge el camino de hacerse el simpático. Empezaba a tararearle *Shake your foundations,* convirtiéndome en el objetivo de todas las miradas de la fiesta, en una de aquellas miserables y odiosas exhibiciones a las que te empuja la timidez, cuando ella me cortó:

—Deja de hacer el payaso... ¿De qué vas? ¿Me quieres hacer creer que eres un crío de pecho?

¡Flasss! Me dejó helado. Apretaba, la chica. ¿Quién se creía que era? ¡Si sólo me llevaba un año! Hice desaparecer la sonrisa. Recompuse el gesto:

—No quiero hacerte creer nada. Juan Anguera, encantado de saludarla. Eras tú la que quería hablar conmigo, y no has empezado con buen pie.

Me di la vuelta y fui hacia la mesa de bebidas. Me sentía avergonzado, pero lucía una expresión de perdonarle la vida a aquella aprendiza de tigresa.

Ella me siguió, claro. Todos los pretendientes de Clara nos miraban, y me envidiaban, y me querían asesinar. La mayoría eran clientes míos, a los que había dejado leer el informe *Clara Longo Pella*. Supongo que imaginaban que yo conocía secretos que no les había contado, y que me daban ventaja sobre ellos.

—¿Schweppes con un poco de alcohol? —dije, un poco irónico, siguiendo el juego.

—Eres un caso, *Flanagan* —dijo ella—. Normalmente, me las veo con chicos blandos que pretenden hacerse los duros. Y tú, que tienes fama de duro, juegas a hacerte el blando.

La miré. Le di un vaso de papel lleno de coca-cola. Yo me quedé otro. Hice durar la mirada, y Clara me la aguantó con firmeza.

—Bueno, yo os dejo, ¿eh? —dijo María Gual cuando ya nos habíamos olvidado de su existencia.

—Yo juego a ser blando, tú juegas a mujer

fatal. Supongo que todos jugamos. Estamos en la edad, ¿no?

—¿Bailas? —dijo de repente.

¡Glup! La miré de la cabeza a los pies. La cremallera, la minifalda, las medias negras. Ella también me miró. Yo no vestía el chándal, pero tampoco iba hecho una preciosidad. La gente que me conoce suele decir que yo no me visto; me tapo.

Bien, si ella quería bailar conmigo, yo también querría bailar con ella. Una cosa es hacerse el duro y otra hacer el tonto.

En la búsqueda del tipo de música que se debía bailar en la fiesta, se había llegado a un término medio que no gustaba a nadie, pero que apaciguaba a todos. Un viejo disco de Billy Ocean, *Love Zone,* una especie de *Sonido de Filadelfia,* con temas muy sincopados que permitían que los *breaks* hicieran sus exhibiciones y que todos los demás bailaran y gritaran para hacerse oír por encima de la música. Los *heavies* protestaban, y nunca se sabe cuándo lo hacen en serio y cuándo por una cuestión de imagen.

De modo que Clara y yo, en un instante trascendente de mi biografía, nos dirigimos al centro de la clase y nos abrazamos justo cuando Billy Ocean cantaba *Without you.*

Fue una experiencia mágica. Mientras duró, me sorprendí a mí mismo preguntándome si no sería una buena idea escribir alguna poesía acerca de aquellos ojos tan azules. (¿Una poesía? ¿Yo? ¡Lo que me faltaba!)

Without you.

Yo tenía las manos en su cintura, y ella las suyas en mi espalda. Éramos, aproximadamente, de la misma estatura, y su mejilla derecha quedaba muy cerca de la mía. Podía sentir la calidez de su piel.

Without you.

Es curioso lo que puede pasar con un tema mediocre como éste. En determinadas circunstancias, puede llegar a parecerte lo mejor, lo más sublime del mundo. Como si lo hubieran escrito especialmente para ti, en un día de extraordinaria inspiración.

Without you.

Por encima del hombro de Clara vi que, afuera, en el pasillo, los invitados más jóvenes habían trazado con yeso un circuito en el suelo y jugaban a chapas. Jo, con lo que me gustaba a mí jugar a chapas y en aquel momento no lo habría hecho por nada del mundo.

Without you.

Después, cuando sonaba la sugestiva *There'll be sad songs,* alguien dijo que aquello no había dios que lo bailara, actuando como si nosotros no existiéramos, y puso el primer tema de la cara A, *«porque éste sí podemos bailarlo todos».* Los *breaks* se echaron a la pista, y Clara y yo nos fuimos hacia un rincón.

Nos reímos mucho, cuando ella me explicaba las mil y una anécdotas provocadas por mi informe *Clara Longo Pella.* La cantidad de fotografías de Mickey Rourke que había recibido, las constantes invitaciones a *«Schweppes con un poco de alcohol...»* ¡Y, sin ir más lejos, el día anterior, Jorge Castell, rojo como la grana, le había regalado *un sujetador!*

—Imagino que te exigirá que le devuelvas la pasta, porque yo le dije que no usaba sujetador... —explicó.

—¿Ah, no? —protesté—. ¿Y cuando vi cómo tu tía Teresa te compraba uno? La oí perfectamente, aquí, en una parada del mercadillo. Dijo: «Es para mi sobrinita...», y yo tomé nota...

Ella me lo recriminaba moviendo la cabe-

za, pero sonreía, y ambos nos sentíamos a gusto.
Y yo, detrás del rimmel de sus ojos y el grana de su
boca, veía a la niña, la niña juguetona con quien,
de un momento a otro, podríamos ponernos a
jugar a chapas, afuera, en el pasillo, con los más
pequeños. ¿Qué hacemos aquí plantados, hablando como aburridísimos adultos, cuando podríamos estar jugando a churro-mediamanga-mangotero, el juego más fantástico que jamás se haya
inventado? (¡Jo, y a ella también le gustaba jugar
a churro-mediamanga-mangotero!)

Acababa la fiesta y yo dije las cuatro palabras mágicas, las que deshacían el hechizo, porque las había ensayado en mi habitación, mientras me cambiaba para acudir a la fiesta:

—¿Quieres que te acompañe a casa? Supongo que no te debe entusiasmar la idea de subir
sola allí arriba, ¿no?

—¡Claro que sí! —dijo ella, con un entusiasmo nada ensayado.

Teníamos que atravesar todo el barrio, por
el Centro, hasta la Montaña. Estaba oscureciendo
mientras cruzábamos el semáforo de la plaza del
Mercado, y yo me obstinaba en pensar que todo
aquello formaba parte del trabajo, que había ido
en busca de Clara para poder hablar con ella y
con su padre, para que me aclararan los puntos
oscuros que me quedaban por encajar.

Cuando bordeábamos el Parque, después
de pensarlo mucho y de un silencio que empezaba
a hacerse incómodo, me lancé:

—Clara...

—¿Qué?

—Tú saliste durante un tiempo con Elías
Gual, ¿no?

—Oh, bah, qué plomo de tío...

—Iba a por ti. Se le veía capaz de cualquier cosa con tal de conquistarte, ¿verdad?

—Hacía tantas tonterías... —dijo ella, sonriendo al recordarlo.

—¿Te contó lo del chantaje? —pregunté. Y, en mi imaginación, yo cerraba los ojos como aquel que ha tirado una bomba hacia atrás y espera oír la explosión.

—¿Ah, tú también lo sabes? —dijo Clara, más inocente que nunca.

—Algó sé... ¿Cómo era, exactamente? El corazón me palpitaba desbocado.

—Uy, eso no me lo dijo. Sólo que tenía amarrado al *Pantasma* y que gracias a ello conseguiría una copia de todos los exámenes hasta final de curso... Decía: «Y el día que necesite pasta, tendré pasta, puedes estar segura...» A este Elías le caerá un palo el día menos pensado... —Parecía que le preocupara.

Yo había empezado a comprobar la exactitud de mis suposiciones. Primer punto, bingo. Elías se lo había dicho a Clara. Segundo punto...

—¿Y tú le contaste la historia a tu padre...?

Me miró brevemente. Había un destello de aviso en sus ojos.

Subíamos por la pronunciada pendiente, campo a través, tomando un atajo por la Montaña, cruzando la carretera de la Textil. Jadeábamos, cansados, y durante un rato ninguno de los dos dijo nada.

—Tal vez —dijo por fin Clara, en tono seco—. ¿Por qué lo preguntas?

—No. Por nada —dije.

Había oscurecido. Nos acercábamos a los dos solitarios bloques de casas, en uno de los cuales estaba el taller de mecánica de Tomás Longo, alias el *Lejía*. Se veía luz en una ventana del entresuelo, pero la persiana del taller estaba bajada.

—Lo debes haber preguntado por algo, ¿no? —insistió. Parecía molesta.

Me encogí de hombros. Pasamos entre los restos de coches esparcidos por el solar lindante con los bloques. Allí se estaba empezando a formar una especie de cementerio de automóviles.

Nos detuvimos ante la pequeña puerta situada junto a la boca del taller. Por ahí se subía a la vivienda, al entresuelo, donde se veía la luz encendida.

—¿Es por la investigación que tienes entre manos, *Flanagan?* —me preguntó, visiblemente preocupada. Y, antes de que pudiera continuar, agregó—: *Flanagan,* mi padre es muy especial...

—¿Podría hablar con él? —dije. Y en aquel momento ya sabía que me estaba metiendo en la boca del lobo, y no tenía ni idea de cómo le plantearía el asunto al *Lejía.* Tal vez me había vuelto loco. Clara dijo:

—¡*Flanagan,* a mi padre déjale en paz!

—Si no tiene nada que esconder, tampoco tiene nada que temer... —se me escapó.

Clara hizo un ademán de exasperación. La chica tenía muy bien ensayado el papel de Tina Turner.

—¡Tú no puedes entenderlo! ¡Cada cual se busca la vida como puede...!

En lo alto de la escalera sonó una voz ronca.

—¡Clara! ¿Eres tú?

—¡Sí, papá! —gritó ella, asustada.

—Bien —susurré yo—. No hablaré con él... Dímelo tú.

—¿Por qué no subes? —dijo la voz ronca.

Apareció un hombre en lo alto de la escalera. Vestía tejanos y camisa a cuadros. Parecía muy alto y muy fuerte, y demasiado joven para ser el padre de Clara.

—Ya voy, papá —le tranquilizó ella. Y sus ojos tan azules me decían: «¡Vete, vete!»

Nunca me había sentido tan rechazado.

—Ah, ¿estás con una amiga? ¿Por qué no subís?

—No, papá, si ya se iba...

Y yo allí clavado, resistiéndome a aceptar que Clara me despidiera de aquella manera.

El señor Longo, el *Lejía,* había bajado un par de escalones. Me vio.

—Ah —dijo—. Si no es una amiga. Si es un amigo. Subid, subid y me lo presentas, Clara... Venga, subid, ¿qué hacéis ahí plantados? ¿He interrumpido algo interesante? —bromeó. Rió sana, clara y limpiamente—: Vamos, subid...

Suspiré y pasé delante. No sabía qué iba a buscar.

—Buenas noches, señor Longo. Me llamo Juan.

—Sube, Juan, sube. —Me franqueó la entrada del piso. De cerca, se le notaban más los años. Parecía un hombre vigoroso y enérgico que estuviera un poco harto de hacer el papel de hombre vigoroso y enérgico. Explicaba—: A veces, a estas horas, todavía estoy trabajando, pero como hoy es sábado, he decidido tomarme un pequeño descanso...

Entré en un piso estrecho y decorado con pésimo gusto. Parecía que padre e hija hubieran ido a una tienda de *souvenirs,* de ésos tan horribles, y los hubieran comprado todos, absolutamente todos, para esparcirlos al azar por la vivienda. La tele estaba puesta. El hombre tenía una mediana de cerveza abierta sobre la mesa del comedor.

—Pasa, pasa, Juan. ¿Qué quieres tomar?

Así fue como me encontré cara a cara con aquel hombre.

Posiblemente, el hombre que había ido a buscar a Elías para enterarse de qué era aquello del chantaje.

Posiblemente, el hombre que le había partido la cara a Elías y le había quitado las pruebas del chantaje.

Posiblemente, el hombre que ahora mismo hacía el chantaje, con aquellas pruebas, al *Pantasma,* pero que en vez de cobrarle en copias de examen, le cobraba doscientas cincuenta mil pesetas.

Aquellas eran mis suposiciones pero, ¿cómo podría confirmarlas?

¿Preguntándoselo?

«Oiga, señor Longo, ¿es usted quien...?»

6
La noche en que soltaron las fieras

—¡Que qué quieres tomar! —repitió el hombretón, un poco brusco, devolviéndome a la realidad.

—Ah, no sé... Una coca-cola.

—Una coca-cola. ¿Y tú, nena?

—No. Yo no tomaré nada. —Fría y lejana como un iceberg de aquéllos de la clase de Sociales.

El señor Longo se fue hacia la cocina. Desde donde estaba, podía ver que sobre la pila había un montón de platos y cacharros grasientos por lavar. Sentí compasión por Clara. Recordé cosas que había averiguado y que no había incluido en el informe. Que su madre se había ido, hacía años; que la niña se había educado con los abuelos y su tía Teresa... Y que ahora se cumplían dos años desde que ella había decidido volver con su padre, aquel hombre cansado que se aburría.

Le observé mientras abría la nevera y sacaba una coca-cola, que destapó al lado del fregadero. Cuando vino a ofrecérmela, vi que tenía un tatuaje en el brazo. Una bomba redonda con la mecha encendida, parecida al distintivo del arma de artillería.

—Eres muy joven, ¿no?

—Como yo —intervino Clara.

—No sé si tendremos cena para tu amigo...

—No, no —hice yo.

—No, no —dijo Clara.

El señor Longo no se inmutó. Bebió un largo trago de cerveza, mirándome fijamente, como estudiando mi rostro con alguna intención muy concreta, como si creyera conocerme y no supiera de qué. Para no permanecer callado, dijo:

—Y los estudios, ¿cómo van? ¿Bien?

—Bueno, así asá, ya sabe... —Tragué saliva. Glup. ¿Qué hacía yo allí? Si había entrado, era para que me aclarara mis dudas. «Pregúntaselo», me repetía. Pero no me atrevía.

—¿Vas a la misma clase que Clara?

—Sí... —«Díselo ahora. Vamos, toma carrerilla, dile: «Señor Longo...»

No llegué a abrir la boca. Tampoco sé si realmente lo habría hecho. Antes de que pudiéramos decir nada, yo o él, el estrépito de las veinticuatro horas de Le Mans entró por la ventana. Parecían miles de motores de tonos agudos y ofensivos, todos rugiendo al unísono, como terroríficos gritos de guerra de salvajes.

El *Lejía,* Clara y yo nos sobresaltamos. Poco a poco, pasado el susto inicial, comprendimos que eran motos, tres o cuatro a lo sumo, y que sus conductores se habían detenido en el descampado frente a los bloques y daban golpes de muñeca al gas, provocando un fragor sincopado, espeluznante y ensordecedor.

—¡*Lejía!* —gritaron desde la calle—. ¡*Lejía!* ¡Sal a la calle, que te veamos, joder!

Reconocí la voz y se me encogió el corazón. Era el *Puti.*

Oí el ruido de una botella de cerveza estrellándose contra la pared.

—Es el *Puti* —dije, como aquel que hace

corteses presentaciones en una fiesta de alta sociedad. Miré a Clara—: Preferiría que no se enterara de que estoy aquí.

Pero Clara no me escuchaba. Estaba pendiente de su padre, que ya se levantaba, ya iba hacia la ventana. Y volvía a oírse la voz del *Puti:*

—¡*Lejía,* coño! ¡Sal o te quemamos la barraca!

El señor Longo salió a la ventana al mismo tiempo que abajo sonaba otro estruendo. Me pareció que alguien estaba golpeando la persiana metálica con una cadena.

—Papá, ten cuidado... —murmuró Clara.

—¡Basta! ¡Basta ya! —gritó el señor Longo, con su voz ronca y un tono enérgico que habría paralizado a un regimiento. Recordé que el señor Longo había estado en la Legión—. ¿Qué os pasa?

Abajo se había hecho un instante de silencio.

—¡Baja y te lo explicaremos! —gritó el *Puti.*

El de la cadena continuaba golpeando la persiana metálica, crispando los nervios de todos.

—¡Que pares de una vez o te parto la cara, imbécil! —gritó el señor Longo.

—¡Baja!

Empujado por un un rapto de ira, el señor Longo se apartó de la ventana. Clara dijo: «Papá, papá...», siguiéndolo hacia el pasillo. El hombre ya volvía y la apartó con brusquedad: «¡Déjame!», dijo. Absolutamente aterrorizado, le vi aparecer con una barra de hierro de más de un metro de largo.

—¡*Lejía!* —gritaban desde abajo—. ¡Hijo de puta!

—Papá, papá —decía Clara.

El señor Longo bajó precipitadamente las

escaleras. Clara corrió hacia la ventana, después
me miró a mí. Yo le dediqué un gesto de impo-
tencia. Ella se precipitó por las escaleras, como si
no hubiera visto a nadie donde yo estaba.

—Papá, papá —repetía.

—¿Qué pasa? —rugía abajo el señor
Longo.

—¡Que no nos gusta lo que le hiciste a
nuestro amigo, *Lejía!* ¡Que a nuestros colegas no
se les toca!

—¡Qué coño de amigos y amigos...! —protestaba el señor Longo.

Me los imaginaba. El *Puti* y los suyos,
sobre las motos, con cadenas y nunchacus, ro-
dando por el descampado, describiendo círculos,
y Longo aguantando de pie, esperándoles con la
barra de hierro. Se me antojó una imagen de wes-
tern. Por lo visto, de vez en cuando un gracioso
pasaba con la moto junto a la persiana metálica y
la golpeaba con la cadena. Del tono y la inflexión
de las protestas de Longo imaginé que, a cada
viaje, intentaba arrearle con la barra de hierro. Y
mientras, hablaban.

Yo no me atrevía a asomarme a la ventana, pero no me perdía ni una sílaba. Mis sospechas seguían confirmándose.

—¡De Elías, *Lejía!* ¡Te estoy hablando de
Elías! ¿O quizá no te acuerdas? ¿Es cierto o no
que le diste una paliza?

—¡Y a ti qué te importa lo que le hice o le
dejé de hacer!

—¡Elías es un colega, *Lejía!* ¡Y tú lo sabes!
¡Y también sabes que a los colegas no se les
toca...!

—Pero, ¿qué dices? ¡Si tú eres el primero
en tratar a Elías como si fuera un trapo sucio!

—¡A los colegas no se les toca!

Pensé que allí había algo que no encajaba.

El señor Longo, a su manera, tenía razón. ¿A qué venía tanto alboroto si el *Puti* y sus amigos eran los primeros en maltratar a Elías?

Até cabos: Pili me había contado que Elías había estado hablando apasionadamente con el *Puti* y los suyos. Que hablaban de algo que les interesaba a todos. Me imaginé a Elías comprando el interés de los otros con una noticia muy valiosa.

No era necesario ser ningún genio para imaginar qué era aquello tan valioso. Las pruebas que comprometían al *Pantasma*. Yo había visto cómo el conserje pagaba doscientas cincuenta mil pesetas por aquellas pruebas. Por semejante cantidad, y todo lo que pudiera venir a continuación, era muy posible que el *Puti* y su basca se pusieran en movimiento, aunque fuera a las órdenes de Elías Gual.

Pero, ¿qué podía ser aquello tan comprometedor?

Y, sobre todo, ¿de dónde sacaba doscientas cincuenta mil calas un pobre conserje de escuela pública.?

Abajo continuaba el alboroto. Habían pasado a las palabras gruesas que, como gritos de guerra, no significaban nada y lo significaban todo. «Venid a por mí si tenéis cojones», y cosas de este tono grosero. Empecé a temer por la integridad del padre de Clara y estaba pensando en llamar a la policía (a saber cómo se lo tomaría aquella gente que alguien avisara a la pasma; posiblemente acabaríamos todos en comisaría) cuando oí un ruido en la parte trasera del piso.

Clang, un cazo o una olla en la cocina.

Me quedé helado.

Había alguien más en el piso. Alguien que abría una puerta, que llevaba una linterna, que avanzaba por el pasillo.

Claro: Ahora entendía por qué el *Puti* se tomaba tantas molestias armando todo el tumulto en el descampado. Claro. Era una maniobra de distracción que permitía que alguien entrara en el piso por la parte trasera y recuperara los documentos comprometedores.

¡Jo, cuánto interés por estrujar al pobre *Pantasma!* ¡Si lo supiera...!

Bien, me pregunté qué podía hacer yo. Estaba allí clavado, aguantando la respiración, tenso y con el corazón a cien.

Alguien abría una puerta. Se movía rápidamente. Cerraba. Abría otra. Revolvía papeles. Mientras, afuera, alguien recibía. Un golpe, un grito, un gemido. Una moto que caía al suelo y allí se quedaba, acelerada, rugiendo. Insultos que herían mis tiernos oídos. Un «ahora verás» terrorífico y un chillido de Clara. Un gemido del *Lejía,* el inicio de una batalla abierta. Con un ay en el corazón, pensé que aquello podía acabar muy mal y que debería hacer algo.

—¡Coge a la chica! —dijo alguien abajo.

Clara gritó. Sus insultos se sumaron a los de su padre. Ahora era cuando debía intervenir yo. Me moví rápidamente...

... Y al pasar por delante del pasillo, vi perfectamente al intruso, y el intruso me vio a mí. De todas formas, yo ya sabía quién era. Haciendo un esfuerzo sobrehumano sonreí y dije, tan infantil como pude:

—Hola, Elías...

Saltó sobre mí, me agarró por los pelos y tiró. Al mismo tiempo me exigía silencio con un imperioso «¡Chsssttt!», y yo me quejaba haciendo «Ayayayay...» en voz baja.

En la penumbra del pasillo me vi envuelto por la violencia de aquel aprendiz de *heavy* que me sujetaba y me susurraba feroz al oído:

—¡Tranquilo, y a callar! ¡Calla o te rajo!

Jopé, llevaba una navaja, no me había dado cuenta.

Le pedí que no, que no me rajara, moviendo la cabeza como si me hubiera cogido un temblor incontenible. Me empujó, lanzándome contra una butaca del comedor, y echó a correr hacia el fondo del pasillo.

Yo no podía perder de vista el sobre de papel de embalar que llevaba, medio arrugado, en las manos.

Claro, él había salido con Clara. De ahí que conociera la casa. Sabía cómo entrar mientras el *Puti* y su banda distraían la atención del personal en la parte de delante.

Tintinearon de nuevo las ollas de la cocina. Me imaginé a Elías saltando por la ventana, deslizándose por una cañería o algo por el estilo. Bum, saltando al suelo, corriendo hacia su moto...

Hasta que no recuperé el aliento, no volví a oír la escandalera de las motos, las cadenas y los gritos del descampado. Bufé y permanecí indeciso un buen rato. No sabía qué hacer.

Me di cuenta de que Clara lloraba y que alguien gemía, y que estaban golpeando un cuerpo blando.

«¡Toma, toma y toma, para que aprendas!»

Sirenas de policía. Jopé, lo que faltaba. Algún vecino había llamado a comisaría.

Gritos abajo: «¡La bofia! ¡Larguémonos!» De nuevo el rugir de las motos. El fragor que crece y crece hasta ensordecerme, y después se aleja y se aleja, dejando solos y bien audibles los sollozos de Clara durante unos segundos y, después, un bullicio diferente.

—¡A ver, qué ha pasado aquí, pedid una ambulancia, no le toquéis...!

Bajé las escaleras. No estaba muy satisfecho de mí mismo. No creo que sea lo que se espera de un duro detective privado, eso de permanecer en la sombra mientras la gente se zurra. Pero, claro, yo no podía hacer nada. Y, además, había averiguado casi todo lo que quería.

Había un coche de policía. Otro había salido volando, en persecución de las motos fugitivas. Dos polis de uniforme mantenían a distancia a un grupo de personas que miraban con aprensión. Clara llorando y su padre que, tosiendo y maldiciendo, se levantaba del suelo, donde había estado tirado, cubierto de polvo.

—Estoy bien, dejadme, estoy bien...

En todo caso, no lo parecía. Tenía sangre en la cara y en las manos, y la camisa y los pantalones rotos; iba cubierto de polvo del pelo hasta los zapatos y no podía ni mover un brazo ni sostenerse sobre una de sus piernas. Se apoyaba en Clara.

—Pero, ¿qué ha pasado, *Lejía?* —le preguntaba un policía.

—Nada. Unos gamberros, que estaban de juerga.

—¿Les conocías?

—Nunca les había visto. No son del barrio...

Hice un intento de acercarme a Clara, pero tampoco sabía qué podía hacer o decir.

—Amigos de tu hija, ¿no? ¿Eran amigos tuyos...?

—¡No les conozco de nada! —dijo ella, en un tono duro, como un insulto. Pensé que con un par de salidas como aquella podían meterla en la cárcel.

La chica me miró y yo vi una infinita distancia entre ella y yo, como si hubiera un océano de desprecio de por medio.

«¡Tú no puedes entender!», me había dicho.

Para ella, yo era un niño que jugaba y estorbaba en el preciso momento en que a ella la vida la obligaba a ser más mujer que nunca. Me habría gustado entender algo, de veras. A fin de cuentas yo no había acusado de nada al *Lejía*. Incluso me habría gustado ayudarles...

Me sentí muy solo. Eché a andar, cabizbajo y pensativo, dejando atrás la gente y los comentarios.

—Ya te dijimos que no te mezclaras con esos gamberros, *Lejía*. Que tienen malas pulgas...

—Es cosa mía.

—Entonces, ¿qué vas a hacer? ¿Piensas poner una denuncia, o no?

—¡Pues claro que no! —se exaltaba el *Lejía*.

«Claro que no», repetía yo mentalmente.

—Claro que no les va a denunciar —comentaba una vecina—. Si es como ellos, todos son iguales. Todos han salido de la misma cloaca...

El *Lejía* había tenido en su poder por unos días las pruebas que tanto comprometían al *Pantasma*. Le había salido bien: como mínimo, había ganado doscientas cincuenta mil pesetas. Ahora, Elías había recuperado el sobre de papel de embalar.

Volvíamos a estar donde estábamos al principio.

Pero no era lo mismo.

Volví a casa tarareando el *Without you,* sobre todo aquel momento tan sentido, cuando Billy Ocean dice: *Oh, I need you, girl, remember this.*

Valía la pena estudiar inglés aunque sólo fuera para entender cosas como aquélla, que reflejaban perfectamente mis sentimientos.

7

Entre la espada y la pared

El bar todavía no había cerrado. Al contrario, en aquella noche de sábado parecía más lleno que nunca de humo, de calor, de gente, de voces y de rumor de dominó.

—¿Éstas son horas de llegar? —me preguntó mi padre, agarrado a las palancas de la máquina de café—. ¿Dónde has estado?

—Jugando con los amigos —dije, más solo e incomprendido que nunca.

—¿Has cenado? —preguntó mi madre, que estaba en la cocina preparando bocadillos.

—No.

—Hazte una tortilla. Yo tengo mucho trabajo.

Pili estaba sentada en el bar, chupando un polo e intentando entender el final de la película de la tele, a pesar de todo el bullicio que la rodeaba.

Me hice una tortilla a la francesa. Abrí una lata de espárragos y me fui a comerlo todo a mi despacho.

Entre una cosa y otra, me estaba deprimiendo. ¿Despacho? ¿Cómo podía llamar despacho a aquel reducto sin ventanas, polvoriento, atestado de cajas de bebidas, con una bombilla desnuda colgando del techo, una tabla de madera sobre dos caballetes como mesa, y montones de cajas de zapatos llenas de fichas de todos los chicos de la escuela?

Pasaba mi padre:

—Ya sabes que mañana tienes que recogerlo todo, ¿eh? Que el lunes vienen los albañiles...

Mojaba los espárragos en un bote de mayonesa e intentaba consolarme. A fin de cuentas, los detectives de las novelas también vivían en antros siniestros que olían a meados. No tanto como aquello, claro, pero, en proporción, teniendo en cuenta mi edad, pensaba que ya debía ser un equivalente. Qué espléndido futuro me esperaba. Persevera, *Flanagan,* persevera, que si sigues así, cuando seas mayor vivirás en un antro siniestro que olerá a meados.

Pasaba mi madre, llevando y trayendo bocatas del bar:

—¿Eso cenas? —decía a la ida. Y a la vuelta—: Vamos, date prisa, que luego nos tienes que ayudar a recoger las cosas.

Subí a mi habitación y revolví todos mis cassettes hasta encontrar el de Billy Ocean. Lo puse en el *walkman* y me tendí en la cama.

Había una canción titulada *Love is forever,* y otra, *Without you.*

En pocas horas había ganado a Clara (todos aquellos atontados mirándonos y temblando de envidia), y la había perdido («¡Tú no puedes entenderlo!», y aquella mirada tan fulminante mientras ayudaba a caminar a su padre).

Eso era lo que realmente me preocupaba. Que yo no lo pudiera entender. Yo era un niño que jugaba y que no tenía que meterse en las cosas de los mayores. Pero, ¿qué era lo que yo no entendía? «Cada cual se busca la vida como puede...» Eso sí que lo comprendía. Yo mismo me buscaba la vida a mi manera. ¿El chantaje? Yo mismo estaba a punto de hacerle algo parecido a la familia Gual para conseguir que me dejaran utilizar su cobertizo como despacho. ¿Qué demonios era lo que yo no entendía?

Oh, I need you, girl, remember this...

No entendía lo que había pasado aquella noche entre Clara y yo.

Así de simple. Me había despistado y, en algún momento, alguien me había escamoteado el clásico beso de despedida. Y ahora me dolía aquella distracción. Me dolían todas y cada una de las notas de la canción que unas horas antes había bailado con Clara.

Nos habíamos reído a gusto. Y, después, sus ojos azules diciéndome: «¡Vete, vete!»

Y todo por la tontería de querer hablar con su padre. ¿De qué me habría servido?

«¿Qué quieres saber de mi vida?», me habría preguntado.

Y yo: «Sólo quería saber si fue usted quién zurró a Elías para quitarle aquel maldito sobre de papel de embalar.»

Y él: «Pues mira, sí, chico. Le puse la cara guapa hasta lograr que me diera el maldito sobre de papel de embalar y, cuando lo tuve, pude sacarle un cuarto de millón al *Pantasma*.»

Y yo: «Fantástico, señor Longo. Cómo le admiro. Cómo le comprendo. ¿Me podría decir qué había en aquel maldito sobre de papel de embalar?»

Jopé, qué tontería.

Without you. Sin ti. Ahora tenía sentido.

Al día siguiente, como un símbolo de mi derrota, tuve que desmantelar el despacho. Mi padre, Pili y yo nos pasamos toda la mañana trajinando cajas de cerveza, trasladándolas a un rincón del bar que habíamos limpiado previamente de mesas y sillas. Mis útiles de trabajo quedaron almacenados en mi dormitorio.

A media mañana, aprovechando que nos tomábamos un descanso para desayunar, llamé a María Gual. En realidad, a quien quería llamar era a Clara, pero me aguanté.

—¿María? —dije—. Las cosas se han vuelto a complicar...

Quería decirle que Elías volvía a tener el «documento comprometedor» en su poder y que, ahora, ayudado por el *Puti* y su banda, no se conformaría con utilizarlo tan sólo para aprobar los exámenes. Sin embargo, nosotros conocíamos su juego, lo que nos daría la oportunidad de negociar con él. Quería contarle todo esto y pedirle su parecer, pero ella me cortó:

—¡Ya lo creo que se han complicado! —dijo—. ¡Y mucho!

—¿Qué pasa?

—Elías no ha venido a dormir esta noche y, ahora, con todo eso del incendio de las motos, mis padres están muy preocupados. Hasta han ido a comisaría...

—¿Con eso de qué?

—Del incendio de las motos. ¿No te has enterado?

—No...

Había oído las sirenas de los bomberos en el Centro, pero no les había prestado atención.

—Hace cosa de una hora se han incendiado cuatro o cinco motos en los Jardines. Ha habido un estrépito de aúpa, porque hasta han estallado los depósitos de gasolina. Y ha resultado que se trataba de las motos del *Puti* y compañía. Les han detenido y están en comisaría... Mis padres estaban preocupados, porque Elías no ha venido a dormir a casa, y yo les he contado que solía ir con el *Puti,* y ahora han salido hacia la comisaría...

Jopé. De mal en peor.

—Bien, bien —dije—. Llámame si te enteras de algo más.

Marqué rápidamente el número de Clara. De nuevo, no sabía qué decirle. Me imaginaba lo que había ocurrido. «En ese caso, ¿para qué llamas, capullo?», decía una voz en mi interior. Se trataba de una simple comprobación.

—¿Diga?

—¿Clara? Soy Juan, el *Flanagan*...

—Mira, Juan, olvídalo todo, ¿quieres?

—¿Cómo está tu padre?

—Bien. Mi padre es muy fuerte. Y ahora...

—Perdona, Clara, pero me parece que ya lo voy entendiendo todo. He estado pensando, y he llegado a la conclusión de que es cierto que cada cual se busca la vida como puede... Yo mismo...

Ella suspiró vehementemente, no sé si angustiada o harta de mí. Cambié el tono:

—¿Qué pasa, Clara? ¿Por qué somos enemigos ahora? ¿Qué hice ayer? ¿O qué dejé de hacer?

—Ya te lo explicaré un día de éstos, ¿eh? —me cortaba enérgicamente—. Ahora tengo otras cosas en las que pensar... Mi padre está en comisaría, ¿sabes?, y esto no es un juego, y no me sobra el tiempo para perderlo jugando.

Y colgó.

¡Pero, ¿quién demonios le había dicho que yo estuviera jugando?!

—Papá —anuncié—, voy a ver qué es eso que ha pasado...

—Tú no vas a ninguna parte hasta que no acabemos de arreglar esto —dijo el patrón.

—Sí, *buana* —refunfuñé.

Me di toda la prisa que pude y acabamos cerca de la una. Mientras, transmití la noticia del incendio de las motos a mi familia.

—Pues a mí me parece muy bien que les quemen las motos —comentó mi padre—. Ojalá les quemasen también a ellos... ¡Delincuentes y drogadictos, que eso es lo que son, delincuentes y drogadictos!

—Pues a mí me parece que deberíamos hacer un esfuerzo para comprenderles —dije yo—. Cada cual se busca la vida como puede...

—Pero, ¿¿¿qué dices??? —bramó mi padre.

—Bueno... Es una manera de hablar... —traté de arreglarlo—. No quería decir que... En fin, quería decir que...

A la una y cuarto, después de una acalorada discusión, Pili y yo fuimos a la carretera, delante de la comisaría, para ver qué pasaba. De entrada, no se veía nada de anormal, pero te enterabas de muchas cosas si ponías la oreja aquí y allá.

En los bancos donde tomaban el sol los viejos, oí:

—Pues se ve que ayer esos gamberros zurraron al *Lejía*. Sí, hombre, ¿sabes a quién me refiero?, al del taller de coches... Y hoy, sin comerlo ni beberlo, se encuentran con las motos quemadas...

—Les está bien empleado. Más les tendría que pasar...

—No se puede andar con bromas con el *Lejía*...

En la terraza del bar donde tomaban el vermut los que salían de misa, se decía:

—Sí, pero cuando han ido a detenerles estaban todos juntos, ¿eh? El *Lejía* y ése al que llaman el *Puti* y todos los demás, que son los dueños de las motos quemadas. Estaban juntos y charlando tan tranquilos, ¿eh?

—Pero es que no fueron ellos quienes cascaron al *Lejía*. Porque han estado todos en comisaría y el comisario le ha preguntado: «¿Son éstos los que te atacaron ayer?» Y el *Lejía* ha contestado que no...

—¡Porque se protegen entre ellos! Lo que ha pasado aquí es que el *Puti* y los suyos calentaron anoche al *Lejía,* y el *Lejía* les ha quemado las motos esta mañana, y después se han reunido y han decidido: «Estamos en paz, aquí no pasa nada.» Y ni hablar de chivarse a la policía, ¿eh? Porque eso sí lo tienen. Si hay follones, se los arreglan entre ellos...

Yo lo comprendía perfectamente. Pensaba que las cosas no habrían sido exactamente de aquella forma (resultaba todo demasiado simple, demasiado elemental), pero algo de eso debía haber.

¿Cómo se podía haber armado tanto follón por algo que sólo comprometía a un simple conserje de escuela?

Al volver a casa, antes de comer, llamé a María Gual.

—¿Sabes algo de tu hermano? —pregunté.

—Nada. No se sabe nada. ¿Qué le puede haber pasado, *Flanagan?*

Pensé que, tal como estaban las cosas, podía haberle pasado cualquier cosa, pero no se lo dije.

—Ni idea. Escucha: Explícame qué ha ocurrido en la comisaría...

En esencia, era lo que yo había oído. Inmediatamente después del incendio de las motos, la policía había ido a buscar a los propietarios (el *Puti,* el *Piter* y un par más) para detenerles. Les habían encontrado en un bar de la carretera con el *Lejía,* tan amigos. El *Lejía* había declarado que siempre había sido amigo de aquellos muchachos y que él no sabía nada del incendio. Los *heavies,* que echaban humo, dijeron que consideraban inocente al señor Longo, y que creían que los culpables eran los *punkies* de las Casas Buenas. Y habían salido de la comisaría tan amigos.

¿Y Elías?

Los únicos que habían preguntado por él eran sus padres.

—¿Qué nos importa a nosotros Elías? —había exclamado despectivamente el *Puti*—. No es de los nuestros...

—¿Qué piensas de todo el asunto, *Flanagan?* —me preguntó después mi hermana Pili, mientras comíamos.

—Que si es lo que me imagino, Elías está entre la espada y la pared —dije.

—¡Qué sabrás tú...! —se reía mi padre, moviendo la cabeza.

Por la tarde no me atreví a llamar de nuevo a Clara, pero no pude evitar acercarme a su casa.

De camino, pasando por los Bloques, y por el Centro, y por el Parque, observé un movimiento de gente nueva en el barrio y de coches de policía como no lo veía desde la famosa batida de aquella banda internacional de ladrones de pisos. Es algo que se respira en seguida en el barrio. Una inquietud que emana de miradas sospechosas, de movimientos furtivos, de gente que parece estar esperando a alguien pero que evidentemente no está esperando a nadie... No sé cómo explicarlo, pero lo cierto es que en días como estos los padres llaman a sus hijos y les meten en casa, y las parejas van a arrullarse al cine, en vez de hacerlo en los bancos del Parque.

Yo mismo, cuando di un rodeo para pasar por los Jardines, tenía la sensación de que de un momento a otro oiría: «Eh, tú, ¿qué haces aquí? ¿A dónde vas?»

Aquí, en el barrio, cuando se habla de los Jardines, como cuando se habla de las Casas Buenas o del Parque, se hace en un sentido irónico, naturalmente. Las tres cosas representaron el intento desatinado de un trepa del ayuntamiento «para dignificar el barrio», como se suele decir. Los Jardines iban a ser «una zona verde, de césped, parterres y setos de boj»; el Parque, «un auténtico bosque frondoso, donde crezcan setas, y con un lago central donde se pueda ir a remar», y las Casas Buenas, unas casas mucho más confortables que esos bloques feos y anónimos del Centro. El resultado, en principio, fue bueno. Pero, a los pocos años, la mitad de las Casas Buenas fueron declaradas ruinosas, la otra mitad tenían continuos problemas con los servicios mínimos; el Parque se convirtió en un barrizal con árboles que daban pena y los Jardines eran una pronunciadísima pendiente, completamente desprovista de hierba, salpicada, aquí y allá, por unos pocos cactus desmayados y amarillentos.

Los restos de las motos quemadas parecían, en medio de aquel paisaje lunar, los derrelictos de un feroz combate.

Seguí pendiente arriba, hasta la Textil, en lo alto de la montaña, y luego bajé hacia el taller del *Lejía*.

No me atrevería a llamar y subir a la casa, desde luego. Podría hacerlo, con la excusa de que pasaba por allí, «y como ayer vi que quedaba tan malparado...». Pero no me atrevería. No quería volver a sentirme estúpido, cortado delante de aquel hombre, sabiendo que no podía preguntarle lo que quería preguntarle.

Ya sabía que no me atrevería incluso antes de ver los dos coches aparcados en el descampado, frente al taller del *Lejía*.

Corrí a esconderme tras los esqueléticos árboles del Parque, y desde allí, saltando de un parapeto a otro y forzando la vista, vi el Opel Kadett de los *modernos* que habían recogido la bolsa de *Lolita* con las doscientas cincuenta mil pesetas. Distinguí incluso la pegatina del Snoopy Esquiador en la parte de atrás. El otro coche también era de los caros, un Talbot Solara desconocido en el barrio.

Imaginé una reunión en casa del *Lejía,* y no precisamente de amigos interesados por su salud.

Eso me desalentó y volví a casa, a escuchar el *Without you* y a hacer los deberes.

No tuve tiempo de ponerme melancólico. En el fragor de la tarde de domingo, sonó el teléfono en el bar. Mi madre contestó. Después me llamó y me dijo que pasaba la llamada al supletorio del piso.

Subí.

—Diga.

—¿*Flanagan?* —una voz que no reconocí y, al fondo, a toda pastilla, el *Bad Boys Running Wild* de los Scorpions.

—¿Sí?

—¡Soy Elías!

—¡Elías...! —el corazón me dio un salto. Sí, era él, pero su voz sonaba deformada por la respiración jadeante y porque hablaba en voz baja—. ¿Dónde estás?

—No puedo decírtelo, *Flanagan...* Estoy escondido... Escucha...

—No, escúchame tú a mí —me impuse—. ¿Has llamado a alguien más desde ese teléfono?

—¡No te importa!

—¡Como quieras, pero dile al camarero que baje el volumen de la música *heavy,* que resulta fácil deducir que te escondes en *La Tasca,* atontado!

Se produjo un silencio cargado de pánico. Si esto hubiera sido un tebeo, Elías habría lanzado el auricular al aire, habría dado dos vueltas al bar mordiéndose las uñas y chillando: «Me han descubierto, me han descubierto», y habría regresado al aparato antes de que éste cayese al suelo.

—¡Escúchame, *Flanagan* —dijo jadeando, probablemente a causa del esfuerzo—, estoy metido en un lío...!

—Eso había imaginado, Elías... He averiguado que el *Lejía* y el *Puti* se han aliado, y de eso se deduce que tú intentaste engañarles a los dos, ¿no es así?

La única explicación que podía tener el que el *Lejía* y el *Puti* se hubieran aliado después de la paliza y el incendio de las motos era la de una alianza estratégica para conseguir algo más valioso. Es decir: las pruebas que comprometían al *Pantasma.*

—¿Qué importa lo que yo intentara...? —protestaba Elías.

—Sí importa, Elías, porque de eso depende el que estés más o menos entre la espada y la pared, ¿me entiendes? Intentaste engañarles, ¿no?

—¡Sí, les quería engañar, claro! ¡Uno me propinó una paliza que me desfiguró la cara y el otro se pasa la vida burlándose de mí...! ¡No les debía nada, ni al uno ni al otro! Y ahora escúchame...

—Necesitas ayuda —dije secamente. Tal vez acabara echándole una mano, pero mientras quería que se diera cuenta de que había estado haciendo el imbécil.

—¡Sí, necesito ayuda!

—... Porque, como eres muy listo y muy hombre, primero le pusiste la miel en la boca al *Puti,* imagino que diciéndole que podriais hacer una pasta gansa con lo que tenía el *Lejía,* ¿no? El viernes por la noche le comiste el coco para que te ayudara a recuperar el maldito sobre de papel de embalar, ¿no?

—¡Sí, sí, sí! Y ahora, ¿quieres escucharme tú a mí...?

—No, no quiero —le dije—. Antes, quiero que tu imbecilidad quede bien patente. Cuando ayer cogiste ese maldito sobre de papel de embalar, y mientras el *Puti* y los suyos calentaban al *Lejía,* tocaste el dos dejándoles a todos chasqueados...

—¡Sí, señor, ni más ni menos! —casi se enorgullecía, el pobre desgraciado.

Pensé: «... Y esta mañana, el *Lejía* ha escarmentado a los *heavies,* les ha quemado las motos, les ha dado un buen tirón de orejas y les ha hecho prometer que no volverían a causarle problemas. (¿Y ellos han bajado la cabeza y han dicho: «Sí, *buana*»? Eso significa que el *Lejía* es más poderoso de lo que imaginaba...) Y ahora, el *Puti* y los suyos se han unido al *Lejía* contra el pobre desgraciado de Elías... Ya se ha buscado un buen problema ese colega, ya...»

—¿Y qué has hecho entre anoche y hoy? Has ido a ver al *Pantasma* y le has pedido la pasta, ¿no?

—¡Sí...! —estaba tan ansioso por hablar él, que ni siquiera le extrañaba que yo supiera tanto.

—¿Y qué te ha dicho?

—¡Que me vaya a la mierda!

—¿Y...?

Siguió un silencio. Ahora, los Scorpions cantaban *No one like you.* Pude oír cómo tragaba saliva antes de revivir uno de los peores momentos de su vida:

—Han estado a punto de pillarme. Me estaban esperando...

—¿Quién?

—¡Ellos! ¡El *Puti,* el *Lejía,* todos! Estaba hablando con el *Pantasma* en su casa y, de repente, me he dado cuenta de que me habían tendido una emboscada. ¡Entonces han aparecido el *Lejía* y el *Puti* y el *Piter,* todos...! ¡Venían a por mí! ¡He tenido que saltar por la ventana! ¡He salido por piernas, campo a través! Si me llegan a coger, me matan, *Flanagan,* te juro que me matan... Llevaban cadenas, navajas... No sé cómo he podido escapar... Tienes que ayudarme, *Flanagan...* ¿Qué me dices? ¿Puedo contar contigo o no? —antes de que yo pudiera contestar, agregó—: Mi hermana me ha dicho que estás muy bien relacionado, que puedo fiarme de ti...

—Te haré un buen precio —dije. Me costaba ser comprensivo con él. Y cada cual se busca la vida como puede.

—¿Cuánto quieres? —jadeó.

—Cinco mil —no convenía apretar demasiado. Después de todo, yo no era uno de ellos.

—¡Hecho!

—¿Qué debo hacer?

—Mañana te daré el sobre... Y tú negociarás con el *Lejía,* ¿de acuerdo? Le darás el sobre con la condición de que me deje en paz, ¿de acuerdo?...

—¿Y si me pone la cara como un mapa, como te la puso a ti el miércoles pasado?

—Oh, tú te las apañarás... ¡Les dices que no tienes el sobre, que yo me pongo en contacto contigo de vez en cuando!

—¿Y por qué no lo hacemos así?

Chilló histérico.

—¡Porque mañana mismo tengo que pirarme del barrio! ¡Si me quedo una hora más, me encontrarán y me matarán, *Flanagan,* te lo juro! Yo te dejaré el sobre y me iré de aquí durante dos semanas. Pasado ese tiempo, te llamaré y tú me dirás cómo ha ido todo, ¿de acuerdo?

—De acuerdo —¿estaba realmente de acuerdo? Todo aquello, ¿no era una solemne majadería?—. Otra cosa... —dije, controlando mi nerviosismo—. ¿Qué hay en el sobre?

—Mañana, en el semáforo de la plaza del Mercado, a las ocho de la mañana, ¿de acuerdo?

—De acuerdo, Elías. Pero, dime, ¿qué hay en el sobre?

No contestó. Cortó la comunicación, dejándome chasqueado.

8

«... Sardina frescué...»

El lunes, fiel a su reputación, amaneció nublado y melancólico. El cielo era una bóveda oscura y pesada, como de pizarra, que goteaba una llovizna insulsa y constante. En la plaza del Mercado, a las ocho de la mañana, iban y venían los proveedores, cargados de cajas, de las tiendas a sus camiones aparcados en doble o triple fila. Madres y niños ataviados con impermeables de todos los colores. Hombres con cara de sueño, corriendo hacia el metro para trasladarse a la otra punta de la ciudad. Quizá se cruzarían por el camino con otros hombres de la otra punta de la ciudad que venían a trabajar aquí.

Recuerdo que todos los coches que cruzaban el único semáforo del barrio llevaban los limpiaparabrisas en marcha, clic-clac, a uno y otro lados. En cambio, los que estaban aparcados no.

Bueno, sí había uno que tenía los limpiaparabrisas funcionando, y me fijé, y se me encendió alguna bombilla pero, bah, no era tan extraño, debía tratarse de alguien que esperaba a alguien. Como yo, que esperaba a Elías, con una especie de temblor en el estómago, con un nerviosismo que no me permitía estarme quieto.

También estaba aquel hombre con sombrero que leía el periódico, y que también daba la impresión de estar esperando a alguien. Con su pinta de gitano y con el sombrero, parecía un pastor.

¿Por qué me estaba fijando en él? Porque, a aquellas horas y bajo la lluvia, era el único que no parecía hacer nada en concreto. Tan sólo estar ahí. Y porque recordaba haberle visto antes. En el bar de mis padres, por la mañana, entre los currantes que desayunaban con el café con leche y el carajillo...

Me di cuenta de que habían averiguado que estaba en contacto con Elías y que me habían seguido con la intención de localizarle.

Ahí venía. Le vi. Con su Montesa, la cazadora de piel demasiado nueva, su cara de angustia picada de acné. Me vio. Vino hacia mí. Quise decirle que no, que nos estaban vigilando, que diera media vuelta, que huyera...

El coche aparcado, aquel que tenía los limpiaparabrisas funcionando, bramó y saltó hacia adelante como un perro guardián que hubiera estado al acecho. Yo apenas si tuve tiempo de abrir la boca y de empezar a chillar un «¡No!», antes de que se produjera la colisión, y Elías, con cara de susto, saliera disparado de la moto, hacia adelante. Y la moto, abollada, daba un par de volteretas, y yo descubría que el coche era un Opel Kadett y que detrás tenía la pegatina del Snoopy Esquiador, y que era eso lo que me había llamado la atención, que era *aquel Opel Kadett,* yo, bestia de mí, no me había fijado, y Elías había caído violentamente de bruces, detrás de un camión de la Danone, y allí estaba, en el suelo, desmadejado...

Me vi corriendo hacia allí, con los ojos empañados de lágrimas, sintiéndome impotente y culpable, «¡Elías, no!», como mínimo podría haber retenido la matrícula del Opel, «es que no sirves para nada, *Flanagan,* es que no sé por qué te metes en un follón así si después no sabes cómo salir de él...»

Me abrí paso entre la gente a codazos, gritando: «¡Elías, Elías!», oyendo a alguien que decía: «No le toquen, que nadie le toque, ya han ido a llamar a una ambulancia», y llegué junto al cuerpo caído al mismo tiempo que otro hombre, que se agachaba, que palpaba la cazadora negra. Era el hombre del sombrero, el gitano, y supe que estaba buscando el maldito sobre de papel de embalar.

Grité:

—¡No le toque! ¡Quiere robarle...!

Y le propiné una patada. Me volví como loco. Lloraba desconsolado y quería hacerle daño a alguien.

—¡No le toque! ¡Lo han hecho adrede! ¡Lo han hecho adrede...!

El hombre se había incorporado y sonreía, mostrando las palmas de las manos y haciéndose el inocente. En aquellas circunstancias, su sonrisa casi parecía de satisfacción.

—Pero, ¿qué dices? Si sólo pretendía auxiliarle...

Sus ojos me amenazaban. Decían: «Calla, chaval, calla o lo pasarás mal.»

Pero yo armé tal escándalo que optó por retirarse, dejando su sitio a otras personas que se habían acercado. Y yo estaba tan loco, emocionado y vulnerable que no se me ocurrió perseguirle. Mi única obsesión era Elías, aquel pobre desgraciado, demasiado joven para morir, y caí de rodillas a su lado.

—¡Elías, Elías!

Estaba panza arriba, manchado de barro,

con los brazos abiertos. La lluvia le mojaba y yo no sabía qué hacer para protegerle. Al oír mi voz abrió los ojos y me miró, como si hubiera estado fingiendo. Por un segundo, me quitó un peso de encima. Pero en seguida me di cuenta de que estaba muy mal. Mirándome fijamente, con los ojos muy muy abiertos, sonriendo como un idiota, se puso a mover los labios muy deprisa, muy deprisa, espirando y aspirando ruidosamente el aire. Debía pensar que emitía algún sonido, porque sonreía, como diciendo: «¿Qué te parece lo que te estoy contando, eh?», pero yo no entendía nada, y me daba mucha pena...

—No te entiendo, Elías, no te entiendo —le decía, llorando.

La gente que se había agrupado alrededor decía:

—Tranquilo, chico, tranquilo...

—Que no se excite...

—Ya llega la ambulancia...

Sí, se oía una sirena.

Y, de repente, a él le salió del fondo de los pulmones uno de los versos de «Desde Santurce a Bilbao»:

—¡... Sardina freees-cué...!

Con una especie de risa espantosa.

Entonces llegaron la policía y un par de camilleros, y me hicieron a un lado bruscamente, «dejen paso, dejen paso, circulen, circulen...»

Yo me quedé junto al camión de la Danone, llorando de tal manera que unas señoras me preguntaron si el accidentado era mi hermano o algún pariente, y yo les dije que sí, que no, que sí, que era un amigo, el hermano de una amiga de la escuela...

Entre lágrimas, miraba obsesivamente el número de teléfono pintado sobre el parabrisas de la ambulancia. Siete cifras iguales. Siempre me he preguntado cómo hacen para conseguir teléfonos tan fáciles de recordar. ¿Basta con solicitarlo? A mí me gustaría tener un número como aquél. Por lo visto, en presencia de la muerte se piensa en tonterías así.

Se me acercó un policía y me repitió las preguntas de las señoras. Yo repetí las respuestas. «Es un amigo mío», decía. Y lo sentía de verdad, me sentía muy cerca de aquel bala perdida en su desgracia.

—Dice que se lo han hecho adrede —se chivó una señora.

—¿Lo han hecho adrede? —replicó el policía—. ¿Tú has visto cómo ha sido?

Sentí miedo. Miedo de que también me pudieran hacer daño a mí, o miedo de que la policía me retuviera mucho rato, o de que me acusaran de haber hecho vete a saber qué, o miedo de liar al *Lejía* con mis declaraciones, y que Clara volviera a mirarme de aquella manera, como se mira a los entrometidos o a los chivatos.

Por eso me encogí de hombros y dije que no lo sabía, y vi que metían a Elías en una camilla en la ambulancia y dije que quería ir con él. Me zafé de las preguntas del policía, corrí hacia la ambulancia, me planté ante los camilleros y el guardia urbano que estaba con ellos y, con mi mejor cara de buen chico, ablandada por las lágrimas, les pedí que me permitieran acompañarle, que era amigo mío, que conocía a su familia...

Debí de darles tanta lástima que me permitieron subir en la parte trasera.

—¡Venga, va, sube y vamos!

Muy impresionado, me senté al lado de Elías. Los camilleros subieron a la parte delantera y, en seguida, con la sirena aullando, la ambulancia se abrió paso por las calles del barrio, hacia el hospital.

Elías parecía dormido. Había perdido de nuevo el conocimiento. No tenía ninguna herida visible. Le toqué la frente. Estaba helada. El frío se me contagió y me recorrió toda la espina dorsal. Ahogado por las ganas de llorar, murmuré muy bajito: «Elías, Elías, ¿me oyes?» Me preguntaba si estaba muerto, y me decía que sería el primer muerto que veía en mi vida, y que resultaba mucho más horroroso de lo que podía imaginar.

Elías era un inconsciente, un desgraciado, pero no se merecía aquello. Le comprendía. Jopé, a él sí que le comprendía. Tal vez me estaba viendo a mí mismo, al cabo de un par de años, despistado, viviendo a tientas, creyéndome más listo que nadie y capaz de enfrentarme a la vida con las manos desnudas. Me veía a mí mismo buscándome la vida como pudiera buscármela. No hay muchas salidas en este barrio. Y, a fin de cuentas, aquel desgraciado sólo había hecho el chantaje para aprobar los exámenes. Había hecho chantaje para poder pasar a BUP y hacer feliz a su padre. No, Elías no se merecía aquello.

Jopé, tanta manía como le tenía, y tendrías que haberme visto allí, llorando por él, como si se tratara de mi mejor amigo.

Con mucho cuidado, le destapé y hurgué dentro de su cazadora, palpé los bolsillos de los tejanos y puse la mano entre su culo y la camilla. Lo hice sin moverle un centímetro.

No llevaba encima ningún sobre de papel de embalar.

Volví a taparle como pude, y me senté de nuevo.

Poco a poco, sentí nacer en mi interior una rabia espantosa, una furia imparable, unas ganas de hacer daño como nunca hasta aquel momento las había sentido.

Aquellos salvajes no habían dudado en asesinar a Elías. El *Lejía,* el *Puti,* el *Pantasma,* una manada de animales, de fieras salvajes que iban por el mundo haciendo daño. Yo apretaba los dientes y, al ritmo de los latidos de mi corazón y del aullido de la sirena, me repetía: «Haciendo daño, haciendo daño.» Y también me angustiaba el saber que le habían hecho daño «por mi culpa, por mi culpa, por mi culpa», porque me había dejado seguir, porque había sido el cebo que los asesinos habían empleado para cazar a Elías. Y lo más terrible de todo, lo que peor me sabía, lo que me espeluznaba y hacía asomar el llanto a mis ojos, era que también Clara tuviera su parte en el asunto. *Without you...* Bien, claro que ella no era una asesina, pero ella sabía que su padre estaba metido en cosas así, claro que lo sabía, y por eso me había dicho que no me entrometiera, que lo olvidase porque yo no podía entenderlo...

«¡Pues no, señora, no puedo entenderlo! ¡A ver si me lo explicas! ¡No puedo entender que alguien haga lo que le han hecho a Elías! ¡No puedo entenderlo!»

«¡Él se lo ha buscado! ¡Ha jugado con fuego y se ha quemado!»

«¡Pero él no quería hacer daño a nadie! ¡Él no buscaba eso! ¡Él se buscaba la vida! ¡Sólo quería aprobar los exámenes!»

«Mira, *Flanagan,* no te metas donde no te llaman, deja en paz a mi padre: haga lo que haga, continúa siendo mi padre y tengo que defenderle...»

«Tengo que defenderle, tengo que defenderle, tengo que defenderle», repetía la sirena, y yo, no, yo no creía que debiera defenderle, por más que fuera su padre. ¡Un hombre que ordena matar a alguien no tiene derecho a ser defendido ni por su propia hija...!

«Ni por su propia hija, ni por su propia hija, ni por su propia hija...»

Deseaba ser dos palmos más alto para poder ir a buscar a los culpables y hacer justicia como Dios manda. Ya me veía agarrando al *Pantasma* por su guardapolvo gris, levantándolo en vilo y chafándole la nariz de un puñetazo:

—Ah, sí, señor *Pantasma*, ¿pues qué se pensaba?, ¿que usted se libraría porque sólo es una pobre víctima? ¡Pues se equivoca! ¡Porque usted también ha pactado con el *Puti* y el *Lejía!* ¡Porque ayer, cuando Elías vino a hablar con usted, cayó en una emboscada que le habían preparado los tres! ¡Usted ya no era una pobre víctima, era uno de los verdugos...!

Llegamos al hospital, se llevaron a Elías hacia la sala de Urgencias y yo me vi ante una ventanilla, dando el nombre y el apellido de Elías, su dirección, su teléfono, y también mi nombre y mis datos.

—¿Está muerto? —pregunté cuando ya no pude aguantar más.

La enfermera que tomaba notas me miró como si la hubiera insultado. Como si ni yo ni nadie tuviera derecho a hacer aquella pregunta en aquel lugar.

—Ve a la sala de espera. Ya te dirán algo.

Pregunté si podía llamar a la familia Gual para darles la noticia. La mujer hizo un gran esfuerzo mental y me lo permitió.

Contestó María, que aún no había salido hacia la escuela.

—María... Soy *Flanagan*... Estoy en el hospital...

—¿Qué te ha pasado?

—No, a mí nada...

—¿Cómo que nada? ¿Y por qué estás en el hospital?

—Te estoy diciendo que *a mí* no me ha pasado nada...

—Ya te he oído. Por eso te pregunto qué haces en el hospital...

Yo no sabía cómo decírselo. Oí que ella hablaba con su madre, que se había asustado al oír la palabra «hospital». «Un compañero de clase, que dice que está en el hospital, pero que no le pasa nada...»

—María... —dije tímidamente. Carraspeé—: María...

—¿Qué quieres, qué pasa?

—Tu hermano —dije por fin—. Que le han atropellado.

Gritos, alarma, carreras. Que venían en seguida. Yo llamé a mi casa, contándoles lo que había pasado y diciéndoles dónde estaba, y me senté en la sala de espera, nervioso.

Traté de distraerme atando los cabos de que disponía.

Elías no llevaba el sobre de papel de embalar. El hombre del sombrero no había podido quitárselo. En este caso, ¿dónde diablos podía estar el maldito sobre de papel de embalar?

Me dije: «Me lo quería dar a mí.» Por tanto, debía dejarlo en un lugar donde yo pudiera ir a buscarlo. ¿Dónde?

Elías me había mirado, como alucinado, y había dicho algo de una sardina. ¿Qué significaba aquello? ¿Bromeaba? Imposible, en su estado... ¿Deliraba entonces? Me resistía a creerlo.

«Sardina frees-cué», había cantado.

Decidí reservarme esta pista, porque, de momento, todo lo que hacía era confundirme.

La noche anterior, cuando me llamó, Elías

estaba escondido en *La Tasca*. ¿Era lógico pensar que había dejado el mensaje allí? En todo caso, era un buen lugar para empezar la búsqueda.

La familia Gual al completo hizo su aparición. Los padres y María. Los tres parecían haber llorado. El padre, además, parecía dispuesto a partirle la cara al primero que le levantara la voz. Siguieron unos instantes de confusión. De entrada, me pidieron explicaciones a mí; después se fueron los tres a hablar con médicos y enfermeras; después, volvieron a pedirme explicaciones. Estaban todo lo alterados que cabía esperar, y continuaron estándolo hasta que pudieron hablar con el médico que le asistía.

—Tiene una conmoción cerebral. Todavía no ha recuperado el conocimiento. Es demasiado pronto para aventurar un pronóstico. Esperen, por favor.

Mientras los Gual se sentaban para esperar, María y yo salimos a hablar afuera, bajo un porche. La lluvia seguía arreciando.

—Anoche nos llamó Elías —empezó ella muy excitada, adelantándose—. Habló conmigo y me pidió tu teléfono. ¿Te llamó?

—Sí. Sigue. ¿Te dijo algo más?

—Me dijo que necesitaba ayuda, que se había metido en un lío muy gordo y que tendría que espabilarse Que necesitaba a alguien que le echara una mano. Yo le dije: «El *Flanagan*», y le aseguré que eras de fiar...

—Sí, eso ya lo sé. ¿Qué más?

Por la expresión que puso María, deduje que lo que venía a continuación no tenía desperdicio.

—Que quería que le trajera una caja de cartón que guardaba en el cobertizo, donde revela las fotos. Que no debía decírselo a nadie, que

nadie debía saberlo... —Bajó la voz y añadió—:
Tenía que llevársela a *La Tasca*...

—¿Lo hiciste?

—¡Claro! ¡Pero, espera... Fui al cobertizo
y cogí la caja. Estaba llena de fotografías...

—¿Qué clase de fotos? Las miraste, ¿no?
—salté.

—¡Sí! Eran fotos tomadas por él, con
su cámara... Fotos que él mismo había reve-
lado. Fotos de las Ramblas, de gente tirada
por los suelos, de mujeres de ésas que hacen la
calle...

—¿Recuerdas si había alguna en la que
saliera el *Pantasma*?

—¡Sí! ¡Eso es lo que iba a decirte! El *Pantasma*, allí, en las Ramblas...

—¿Y qué estaba haciendo? ¿Qué se veía?

—Nada... El *Pantasma* paseando, o comprando en la Boquería o en un quiosco o en la
salida de un bar o en un local de máquinas tragaperras... —Yo iba tomando nota mental de todo—.
Se notaba que le había hecho las fotos sin que él
se diera cuenta...

—¿Y qué más? Fuiste a *La Tasca,* y...

—Sí. Envolví la caja con un plástico, les
dije a mis padres que me iba a jugar a la calle y
me fui a *La Tasca.* —Se permitió frivolizar—:
¡Guau, qué ambiente...!

—¿Y...?

—Le dije al camarero que era la hermana
de Elías, y él me contestó: «¿Y qué quieres? ¡Elías
no está aquí!» Le digo: «Le traigo una cosa que él
me ha pedido.» Dice: «Dámela, ya se la daré yo»,
y cogió la caja de fotografías y, así, muy furti-
vamente, mirando a uno y otro lados, la escondió
bajo el mostrador. A mí me hubiera gustado quedarme para comprobar si mi hermano estaba allí,
pero no podía tardar en volver a casa y, además,

las calles estaban muy oscuras y volví corriendo...
¿Y tú? Te llamó, ¿y qué te dijo?

—Espera. En seguida te lo cuento. Tu hermano, antes de perder el conocimiento, me ha dicho: «Sardina frees-cué...»

—¿Qué?

—«Sardina frees-cué...» —canté de nuevo, sin desanimarme—. ¿A qué podía referirse?

—No lo sé... «¡Desde Santurce a Bilbao, vengo por toda...!»

—¡No seas tonta! Era una clave, pero no sé a qué podía referirse... ¿Usaba mucho esta palabra?

—¿Sardina? Mucho. Para él, todo el pescado era sardina. Si mi madre hacía merluza, o bacalao para comer, que no le gustaba nada, decía: «¡Vaya, otra vez sardina!»

—¿Y no es posible que usara la palabra «sardina» para referirse a algo o a alguien? No sé... Alguien con ese mote, «el sardina»....

—Nunca le había oído nada parecido —dijo María. Yo callé. Parecía que por aquel lado no había salida. Ella exigió—: Bueno, ahora te toca a ti.

—Pues... —empecé yo. Y le conté toda la historia. Acabé diciendo—: ... O sea, que lo que compromete al *Pantasma* es una foto.

—Claro —dijo ella—. Pero, ¿para qué necesitan ahora la foto el *Puti* y el *Lejía,* si se han aliado con el *Pantasma* y ya no tienen que hacerle chantaje?

—Para destruirla —dije yo—. Debe de haberlo exigido el propio *Pantasma,* como condición para la alianza.

—Claro. ¿Y dónde debe estar ahora la foto misteriosa?

—En *La Tasca.* No se me ocurre otro sitio donde ir a buscarla.

—Claro. ¿Puedo acompañarte?
—No.
—Claro.

Aquella chica empezaba a gustarme. Se limitaba a preguntarme cosas que yo podía contestar y me daba la razón en todo.

Consulté mi reloj. Casi las diez. A estas horas debían de estar abriendo el bar. Si quería hablar tranquilamente con el camarero no podía escoger una hora más oportuna. Los *heavies* no suelen madrugar. No había peligro de toparse con el *Puti* o con el *Piter*.

No obstante, no podía olvidar que la última vez que estuve en *La Tasca* me fui sin pagar. Aquel camarero que tenía cara de sentirse desgraciado, como Fernando Esteso, se acordaría de mí, y no precisamente con cariño.

Bueno, decidí que aquello no tenía por qué ser un obstáculo. Una de mis especialidades es caerle bien a la gente.

De modo que me excusé con la familia Gual, que aún no sabía nada de su hijo, y salí corriendo. Cerca de allí encontré una parada de metro que me llevaría al mismo centro del barrio, a la misma plaza del Mercado, donde aquella mañana había empezado todo.

Saliendo del metro, sólo tenía que recorrer unos trescientos metros por la carretera y girar por un par de calles antes de llegar al Bar Nando, también conocido como *La Tasca*.

9

En camisa de once varas

Escondido tras un buzón cercano, estuve espiando las idas y venidas de la clientela del tugurio.

Como ya había imaginado, a aquellas horas el local era más Bar Nando que *La Tasca,* es decir, estaba más frecuentado por trabajadores o parados con ganas de trabajar que por el tipo de jóvenes que por las noches agotaban las reservas de cerveza. El vídeo de los *heavies* no funcionaba y sólo se oía la música de un transistor colocado tras el mostrador. Incluso el camarero que recordaba a Fernando Esteso parecía más relajado y animado.

Cuando llegué a mi lugar de observación, había cuatro clientes. Tres iban juntos, y salieron bromeando después de acabar sus cafés y sus copas de media mañana. El cuarto comía un *sandwich* y leía el periódico. Cuando acabó el bocata, salió sin levantar la vista de su lectura.

Por fin, Fernando Esteso quedó solo en el bar.

Me armé de valor, saqué un billete de quinientas y entré en el local parapetado tras él.

—Hola, buenos días, ¿te acuerdas de mí? Toma, te traía esto porque el otro día se me

olvidó pagarte, cuando se armó aquel lío...
—dije de un tirón, deslumbrándole con mi fantástica sonrisa modelo *Mira qué espabilado e
inocente soy*.

Y aún hubiera dicho muchas cosas más si
él no me hubiera quitado el billete de las manos
y me hubiera cortado:

—De acuerdo. Muy bien. Estamos en
paz. Ya puedes volver al colegio.

—Un momento, un momento —dije,
siempre sonriente—. ¿Te has enterado de lo que
le ha pasado a Elías?

Me miró con desconfianza.

—¿Qué Elías?

—Vamos, no tienes por qué disimular.
Elías se pasó el día de ayer escondido en el bar.
¿No ves que somos amigos? —No. No lo veía.
Decidí demostrárselo—: ¿Sabes que hizo unas
cuantas llamadas desde aquí? Pues era para mí.
Dijo que me daría un sobre... Y que quizá me lo
dejaría aquí...

El camarero me escudriñaba atentamente. Parecía extremadamente desgraciado. Le sabía muy mal lo que tenía que decirme.

—¿Y qué le ha pasado a Elías? —preguntó.

—¿Qué?

—Que qué le ha pasado. Al entrar, has
dicho: «¿Te has enterado de lo que le ha pasado
a Elías?» Bueno, pues no, no me he enterado...

—Le ha atropellado un coche. Aquí, en
la plaza del Mercado. Está gravísimo... —El
camarero inspiró mucho aire por la nariz, procurando no cambiar de expresión. Hinchó mucho los pulmones y los desinfló lentamente. Se
había asustado, es decir, se lo había creído. Lo
que significaba que el comportamiento de Elías
el día anterior, allí, en el bar, había resultado lo

bastante convincente con respecto al peligro que corría. Aproveché que bajaba la guardia para atacar—: De modo que vamos al grano. ¿Tienes el sobre?

—Tengo el sobre... —admitió él—. Pero no sé si debo dártelo a ti.

—¿Qué te dijo Elías?

—Dijo: «Esto es para mis amigos. Ya sabes a quién me refiero.»

—¿Y a quién piensas que se refería? —salté.

—No lo sé... —dudaba. No lo tenía demasiado claro. Probó—: El *Puti,* el *Piter...*

—¡Vamos, anda! ¡Si se estaba escondiendo de ellos! ¿No te pidió que si venían el *Puti* y el *Piter* no les dijeras nada?

—Sí, me lo pidió.

—Y, tal vez, incluso vinieron a buscarle y tú les dijiste que no estaba...

—¡Mira, a mí no me vengas con problemas! —dijo el camarero. Su mano buscaba algo bajo el mostrador, y yo adiviné que cogía el sobre de papel de embalar con la intención de dármelo y acabar de una vez. Pero aún no se decidía.

—Soy amigo suyo —insistí, para tranquilizarle y darle el último empujoncito—. Hoy he ido con él en la misma ambulancia, cuando le han llevado al hospital. Y he estado hablando con su familia... ¿Piensas que le tenía miedo a su familia?

—No, a su familia no...

—Claro. Su propia hermana vino a traerle una caja envuelta en plástico, ¿te acuerdas?...

—Sí...

Yo estaba aprendiendo que la mejor manera de obtener información es decir todo lo que sabes. El camarero, que parecía desgraciado, iba tomándome confianza.

—Pues ya lo ves... Soy amigo de la fami-

lia... Cuando hablaba de «sus amigos» se refería a mí, de verdad... Ya te he dicho que ayer me llamó desde aquí...

Un poco aturdido, y temiendo que yo fuera a repetir todo lo que ya le había dicho, me interrumpió:

—Sí, ya lo sé, de las tres llamadas una era para ti... Ya lo sé... Toma.

Su mano emergió de debajo de la barra con el sobre de papel de embalar. Un sobre limpio, inmaculado, impecable, sin ninguna inscripción que indicara a quién iba dirigido. Yo también me estaba preguntando a quién se refería Elías con lo de «mis amigos». Y también había otras cosas que me preocupaban.

—¿Tres llamadas? —dije.

—Sí. Tres llamadas —por fin, parecía que se decidía a hablar—. Me dio tanto la lata con lo de las tres llamadas... El teléfono lo tengo aquí, en la barra, ¿ves?... —hizo un inciso para referirse al sobre—. Venga, venga, esconde esto. Que no te lo vea el *Puti*...

Metí el sobre dentro de la mochila Mistral, donde llevaba las cosas del cole. Tenía muchas ganas de abrirlo, pero antes debía terminar mi conversación con aquel hombre. No quería cortarle, ahora que se estaba mostrando comunicativo.

—Está bien, está bien —dije—. Sigue. Tenía miedo de que le viese el *Puti,* ¿verdad?

Asintió.

—... Así es. Como el teléfono está aquí fuera, tengo que hacer unas peripecias tremebundas agachado bajo la barra, y cosas por el estilo...

—¿Y no sabes a quién llamó?

Yo recordaba la sensación de pánico que le había notado a Elías cuando le descubrí que llamaba desde *La Tasca*. Pensé que antes de

hablar conmigo podía haber hablado con algunos de sus enemigos, y que en aquel momento pensó: «Si éste ha adivinado que llamo desde *La Tasca,* el otro también ha podido averiguarlo.»

Fernando Esteso dudaba.

—Mira... —le ayudé—: La primera llamada debió ser bastante excitada, muy nerviosa... —No me lo negó—. La segunda la hizo a su casa, a su hermanita, para que le trajera el paquete y le diera mi número de teléfono. La tercera fue para mí... —Hizo un ademán de *sí, tal vez sí, no te digo que no*—. ¿A quién llamó la primera vez?

—Al *Puti* —confesó el camarero—. Repitió su nombre el número suficiente de veces para que no quedase la más mínima duda... «*Puti,* por favor, dame otra oportunidad», lloriqueaba...

—Y el *Puti* no le dio otra oportunidad —concluí yo. El camarero frunció los labios y movió negativamente la cabeza—. Y Elías llamó a su familia, y después a mí... Y después... —Trataba de adivinar—. Te pidió que recogieras la caja que traería su hermana y salió volando... —El camarero hizo que sí, que muy bien—... Y, mientras él estaba fuera, vino la hermana a traer la caja... —Que sí, que sí—... Y tal vez también se presentaron el *Puti* y compañía...

Aquí, Fernando Esteso abrió la boca como para repetir lo que había dicho antes («Mira, a mí no me vengas con problemas»), pero estaba tan claro que yo lo acertaba todo que suspiró y me dio la razón.

—Ni más ni menos.

—Y venían en son de guerra.

—Sí, señor.

—Y tú les dijiste que Elías no estaba.

—Porque no estaba.

—Y se fueron.

—Y se fueron —confirmó él.

—Y te dijeron: «Mira que si nos estás escondiendo algo lo pasarás mal» —aventuré.

—Siempre tienen que decir la última palabra —me concedió el camarero.

—Y después volvió Elías...

—... Se metió ahí dentro con la caja que había traído su hermana, y salió al cabo de un rato y me dejó este sobre, y me dijo que se iba, que no dormiría aquí...

—También te dijo: «Dales esto a mis amigos...»

—Sí, señor... —Aquel hombre parecía cansado de hablar conmigo. Se le veía mucho más desgraciado que antes.

—Está bien. Veamos qué tenía para sus amigos...

Cogí la mochila Mistral, busqué el sobre de papel de embalar. Lo abrí. Contenía una foto de tamaño cuartilla.

Mostraba el puesto de pescado de un mercado. Supuse que era La Boquería. De perfil al enfoque, una vendedora muy gorda y expansiva como una explosión de Goma-2 reía a mandíbula batiente sacando pecho y echando la cabeza hacia atrás. Ante ella, al otro lado del mostrador, también de perfil a la cámara, el *Pantasma* tenía una sardina en las manos y le miraba el interior de la boca, con una expresión muy cómica.

Era una magnífica fotografía. Digna del primer premio de un concurso.

Pero para mí no tenía ningún significado.

Como si acabara de decir esto en voz alta, alguien a quien le gustaba llevar la contraria, dijo a mis espaldas:

—Muy bien, chaval... Ahora nos explicarás qué significa esto...

Me volví rápido como una peonza. Pero ellos fueron más rápidos que yo. Una mano me

quitó la foto de un tirón. Otra mano me sujetó
en lo alto del taburete que me mantenía a la altura
de la barra.

Hice ademán de perseguir la foto y la
mano que me agarraba por el impermeable ama-
rillo me empujó contra la barra. Sentí el golpe en
la espalda y aquel puño se me clavó en el pecho y
me hizo daño.

—¡Quieto, entrometido...!

—¡Eeeeh...! —hice yo.

Era el *Puti* quien me había quitado la foto
y ahora la miraba como si se tratara de un
valioso papiro egipcio. Y era el *Piter* quien me
sujetaba. E iban acompañados de un tercer ele-
mento que parecía escapado del mismo zoo que
los otros dos. Me aterró verlos tan cerca. Pero ni
el miedo ni el daño físico que me acababan de
causar me inclinaban al llanto. Al contrario, una
rabia sorda, densa y agria como un mal vómito,
me llenó el estómago y creció, y se me subió a la
cabeza.

¡Aquellos salvajes eran responsables de lo
que le había pasado a Elías...!

Sin pensarlo, golpeé el brazo que me sujetaba...

—¡Suelta! —grité.

Aquel movimiento brusco sirvió para librarme de aquella garra y mi taburete alto cayó
hacia un lado, proyectándome contra los demás
taburetes. Fue una caída muy poco digna, pero
me permitió alejarme un poco de la amenaza. A
cuatro patas, rápidamente, me zafé de un intento
de agarrarme del *Piter,* me escurrí entre dos
sillas y me incorporé detrás de una mesa, colo-
cándola como parapeto entre mi perseguidor y
yo.

Quería pedirle ayuda al camarero, pero se
me habían adelantado.

El Tercer Simio se había abalanzado sobre él y le había puesto la navaja al cuello.

Al mismo tiempo, el *Puti* corría hacia la puerta. Había dado un salto, se había colgado de la persiana metálica y la había bajado de un fuerte tirón.

Había sido un zafarrancho de combate en toda la regla.

Iban a por todas.

Yo estaba acorralado y acababan de declararme la guerra.

Al otro lado de la mesa, el *Piter* me miraba cargado de paciencia. Parecía decir: «Venga, corre todo lo que quieras; de ésta no sales.» El Simio de la Navaja le dijo al camarero:

—Y tú quieto, ¿eh? Quietecito, que ya has intentado tomarnos el pelo una vez, y eso no se hace...

Y el *Puti,* muy señor, en su papel de jefe de la banda, con la foto entre manos, muy perdonavidas:

—Ahora, nos explicarás qué significa esto...

—¿Por qué habría de saberlo? —grité. Tenía muchas ganas de hacerles daño—. ¡Vosotros erais sus amigos...!

—Tú vas a la escuela con Elías. Tú conoces al colega que trabaja de conserje. Tú tienes que saber por qué paga tanta pasta, ese hombre, por una foto como ésta...

—Pero, ¿no os habíais aliado con el conserje...? —salté yo.

Al ver que le plantaba cara, el *Piter* intentó atraparme. Empujé la mesa contra él y busqué refugio detrás de otra, en una esquina del local. Mal asunto. Pronto estaría completamente acorralado.

Fernando Esteso quería protestar, pero la navaja del Tercer Simio se lo impedía.

—¿Qué pasa? —insistí, provocándolos. Porque no podía evitarlo; tenía que insultarlos, provocarlos como fuera, no podía soportar su proximidad—. ¿Es que ahora os lo queréis montar por vuestra cuenta...? No os casáis con nadie, ¿verdad? Erais muy amigos del *Lejía,* pero cuando Elías os dijo que podíais sacar mucha pasta robándole la foto, no dudasteis en darle una buena paliza... No obstante, a la que veis que el *Lejía* os quema las motos y que es demasiado fuerte para vosotros, volvéis a aliaros con él y os hacéis amigos del conserje y os ponéis todos contra Elías, que es el más débil... Y, mira por dónde, en cuanto el *Lejía* se descuida, queréis recuperar la foto para montaros la vida por vuestro lado y hacerle chantaje al conserje...

—Tú lo has dicho —afirmó el *Puti*—. Nosotros no nos casamos con nadie... Y ahora, di: ¿Qué significa esta foto?

—¡Que te lo explique el conserje!

El *Piter* se movió rápidamente. Lo estaba preparando desde hacía rato, y, de pronto, dio un tirón y ya tenía el cinturón en la mano. Tintineó una pesada hebilla. Me dolería mucho si llegaba a tocarme.

—Bájale los humos, *Piter* —ordenó el *Puti.*

Y se me vino encima.

Empujé la mesa y eché a correr en la única dirección donde veía una posible vía de escape: Una puerta interior protegida con una cortina de cintas de plástico. Oí el silbido de la correa, el chasquido del golpe contra la formica de la mesa, los gritos : «¡Cógele, cógele!», y las maldiciones del *Piter.*

Enfilé un pasillo atestado de cajas de cerveza y oí las precipitadas pisadas del *heavy* a mis espaldas. Me colgué de una caja de las de arriba, haciendo que cayera tras de mí. Y otra, y otra, y otra.

Aquello significó un ensordecedor estrépito de cristales rotos, y muchos más insultos, maldiciones y blasfemias vomitados por la boca del *Piter*. Aquel hombre me quería matar. Un latigazo de la correa silbó muy cerca, y la hebilla me dio en los dedos y me hizo mucho, mucho daño. Pero yo no podía detenerme por aquella menudencia. Si me paraba, aún me harían más daño.

Mientras el *Piter* se abría paso lanzando cajas en todas direcciones, rugiendo de rabia, yo llegué hasta una puerta acristalada. Daba a un patio exterior. La abrí, salí a la lluvia, la cerré de nuevo, aunque no podía atrancarla con el pestillo y me volví, dispuesto a enfrentarme con la libertad.

Vanas ilusiones.

Estaba en el fondo de un patio muy estrecho, rodeado de cajas de plástico llenas de botellas.

No tenía escapatoria.

Por encima de mi cabeza, ropa colgada, ventanas estrechas de lavabos o de cocinas, a juzgar por las cañerías de desagüe que bajaban por las paredes. Y, arriba del todo, a cinco pisos de distancia, la cuadrícula del cielo.

Abrí la boca para gritar, pero en aquel mismo instante estallaban los cristales de la puerta, y sólo me salió un ridículo «Ayayayay», mientras trepaba como una ardilla hacia la cima del montón de cajas de plástico.

El *Piter* apareció gritando:

—¡Baja de ahí...! —y me insultaba.

Me envió un correazo que logré esquivar a duras penas.

Repliqué tirándole una caja de cervezas. Pesaba demasiado, y no pude darle impulso, de modo que cayó por su propio peso, pero estalló como una bomba contra el suelo. Como mínimo, conseguí que aquel animal retrocediera.

Entonces, apareció el *Puti*. Furioso, pero contenido.

—¡No hagas tonterías, chaval! —me riñó—. ¿No te das cuenta de que podemos hacerte bajar cuando nos dé la gana? ¡Explica qué significa la foto, y acabemos de una vez!

Se me ocurrió que, tal vez, podría sacar algo en claro de aquella conversación.

—Significa que... —y canté—: ¡Saaardina freees-cué!

—¿Qué? —hizo el *Puti,* como quien ve visiones.

—«Sardina fres-cué» —repetí, con menos entusiasmo—. Elías siempre estaba hablando de sardinas, ¿no os acordáis? «Sardina frees-cué», cantaba continuamente...

—Pero, ¿es que quieres quedarte con nosotros...? —aulló *Piter*. Y esta vez se lanzó a por todas.

10
Todo iba bien hasta ahora

Piter me propinó otro latigazo para abrirse paso, y yo le ofrecí el culo, que es donde golpeó, *chac,* y me dolió, pero pude aguantar sin echar a llorar, y luego vino a por mí. Había descubierto que el cinturón le obligaba a mantener las distancias, y él buscaba una lucha cuerpo a cuerpo.

Dio un salto y me agarró por mi cinturón. Pretendía arrastrarme al suelo. Seguramente habría logrado su objetivo pero, antes de que diera el tirón, le propiné un patada en el pecho, levanté una caja de cervezas con las dos manos y la descargué con fuerza sobre su cabeza.

La fuerza combinada de los dos golpes provocó un grito y una caída, y aumentó en un cien por cien el peligro que llenaba aquel patio siniestro.

Ahora atacaba el *Puti.* Yo, desengañémonos, no me veía capaz de defender mi posición mucho rato. De modo que hice caer otro par de cajas, me volví hacia el rincón y, sin pensarlo dos veces, me vi agarrado a los salientes de la cañería de desagüe, y empezando a escalar con movimientos sincopados y rígidos, mientras gritaba: «¡Socorro! ¡Auxilio! ¡Socorro! ¡Auxilio!»

En el recuerdo, me veo tan cómico como una señora gorda subida a una silla porque ha visto un ratón. Pero en aquel momento no le veía ninguna gracia a la situación, palabra. Yo trepaba hacia la ventana del primer piso y, detrás de mí, escalando con los pies y las manos, echando chispas por los ojos y fuego por la boca, sabía que venía el *Puti* dispuesto a todo.

Su mano derecha arrugaba la foto de la sardina, y aquello me recordó algo que dejé para más tarde. No obstante, la imagen me quedó grabada.

Un pie aquí, otro allá, siempre hacia arriba con la intención de colarme por la ventana del primer piso, mientras la mano del *Puti* me arañaba las zapatillas sin poder agarrarme...

... Y yo que llego al alféizar de la ventana, y me izo a fuerza de brazos, apoyando siempre los pies aquí y allá, porque las cañerías tienen unos salientes muy fáciles de escalar...

Me perseguían los gritos y la mala leche del *Puti*. Se había puesto como loco. No estaba dispuesto a dejarme escapar, ni en broma. Oí el tintineo de las botellas de cerveza a las que se encaramaba, adiviné que se subiría a lo alto, que me agarraría por los pies, que tiraría y que yo caería...

¿Cuántos metros habría hasta el suelo? ¿Tres?, ¿cuatro? ¿Cuánto daño puedes hacerte cayendo desde esa altura?

¡La ventana estaba cerrada!

La golpeé con el puño.

—¡Abran! ¡Abran! —grité.

No podía detenerme. Aunque no mirara («Por lo que más quieras, no mires hacia abajo, o te marearás y caerás»), presentía la presencia del *Puti*. Imaginaba su mano lanzándose hacia mí, como el brazo del Hombre de Goma de Los Cuatro Fantásticos. Imaginaba que me cogía por el tobillo y tiraba...

... Y ahora la caída sería de más metros, porque yo ya había escalado un par de peldaños más, dos salientes de cañería más, apuntalando los pies en el alféizar de la ventana cerrada, buscando la próxima...

La próxima ventana estaba abierta.

Me temblaban las manos, me pesaba la mochila en la espalda, era consciente de que, si perdía el equilibrio hacia atrás, no habría nada que parara mi caída. Y eso me hacía calcular la anchura de las cañerías, y me daba cuenta de que mis talones apenas si tenían apoyo, e iba subiendo tembloroso, incluso en silencio, para concentrarme mejor en lo que tenía entre manos, como si temiera que el aire expirado al gritar pudiera proyectarme hacia el vacío...

Conseguí llegar hasta la ventana del segundo piso. Eché una mirada al interior. Vi a una mujer sentada en la taza del water, con las bragas bajadas. Y no le vi nada, no había nada que ver, pero ella se puso furiosa, emitió un chillido capaz de romper copas de duralex, y empujó el batiente de la ventana.

El batiente me pilló los dedos, y me dolió.

Grité, me solté, estuve a punto de caer, sujetándome tan sólo a la cañería...

... Y, en ese preciso instante, la mano del *Puti* me agarró del tobillo.

Sentí que una descarga eléctrica me recorría el cuerpo. Grité y, sin poder evitarlo, miré hacia abajo. Había unos seis o siete metros de caída libre, y esto es muchísimo más de lo que parece.

Bajo mí, el rostro odioso del *Puti* riendo, y su mano agarrándome.

Me aferré con las dos manos y con todas mis

fuerzas a la cañería y separé el pie libre de su soporte, para dejarlo caer a plomo.

Con todo el peso de mi cuerpo, cayó sobre la nariz del *Puti*. Todavía se reía cuando se vio chafado por el dolor perdiendo pie, con los ojos cerrados, y empezó a caer...

... Todavía me sujetaba el tobillo cuando empezó a caer, y tiró, y yo noté cómo se me despegaban los dedos de la cañería, resbalando hacia abajo...

... Pero me soltó en el último instante y oí el grito y el estrépito infernal de botellas y cajas que se producía al fondo del patio interior, y que parecía amplificarse ensordeciendo a todo el vecindario...

... Y mis dedos atraparon otro saliente, y mis pies hallaron dónde apuntalarse, y no me caí, no me preguntéis cómo lo hice, el caso es que no caí.

Durante unos instantes, el mundo dejó de rodar. Acto seguido, se puso a rodar demasiado deprisa. Oí aplausos y, al mirar hacia arriba, vi rostros amables que me sonreían y me animaban «¡Muy bien, chico! ¡Sube, ven para acá, sube...!»

Continué subiendo. A fin de cuentas, todavía quedaba un Tercer Simio, armado con una navaja, en el interior del bar.

Subir, llegar arriba, avisar a la policía y explicarles todo lo que sabía y acabar de una vez por todas con aquella aventura.

—¡Dame la mano, chaval! —decía un vecino, tendiéndome el brazo.

Le di la mano, y entonces me pareció que me abandonaban las fuerzas. Tuve la tentación de soltarme y confiar que aquel hombre me sujetara.

Pero un último esfuerzo me empujó hacia la ventana, y pataleando un poco me metí de cabeza dentro de un piso que me pareció lleno de juguetes infantiles.

—Muy bien, chico, ¿qué te ha pasado? ¿Qué querían hacerte esos dos gamberros?

—Ya lo ve... Querían jugar conmigo...

—Pues no creo que te pidan la revancha, no... Mírales...

Miré hacia abajo.

En el fondo del patio interior (que ahora ya no me parecía tan lejano) había un montón informe de cajas verdes y rojas. En la cima de la montaña, el *Puti* se quejaba de dolores agudos en una pierna. Bajo él, medio sepultado por las cajas y los cristales, chapoteando en un líquido de color indefinido, distinguí al *Piter*. Ambos parecían tan mal parados como yo deseaba.

Fernando Esteso se asomó al patio intentando sonreír.

—¡No pasa nada! —dijo a todo el vecindario—. ¡No es necesario que llamen a la policía, ya lo he hecho yo! —Y a mí me dijo—: ¡Chaval, ¿quieres bajar un momento?!

Claro que quería bajar. Sobre todo si iba a venir la policía. Me despedí precipitadamente de la familia que me había rescatado y, con la misma precipitación, me lancé escaleras abajo.

Más sereno, empezaba a reflexionar de nuevo sobre todas las sensaciones que había ido recogiendo en los últimos momentos. Sabía que tenía nuevos datos de los que sacar conclusiones, pero no acababa de concentrarme.

Además, me estaban esperando.

Estaban en la portería, pero yo no les vi.

Yo bajaba saltando los peldaños de dos en dos. Ya corría hacia el portal cuando aquella mano me agarró por el brazo y otra me tapó la boca. Y entre las dos me alzaron en vilo, y ni siquiera pude patalear, y me vi en la calle, y reconocí el Talbot Solara que el día anterior había estado aparcado ante los talleres Longo, y también vi aquella cabellera rizada, y me empujaron al interior del coche lleno de gente y una mano me amordazó.

El coche arrancó y yo no oí ni sirenas de policía ni gritos de protesta ni tiros ni nada por el estilo.

—Tranquilo, chaval, tranquilo... —me decía una voz femenina.

Yo estaba de bruces y sólo podía ver unos pantalones de gabardina, arrugados y sucios, que apestaban a cloaca. Los reconocí: los del gitano del sombrero, el que por la mañana registraba las ropas de Elías recién atropellado. Alguien me sujetaba las manos a la espalda, me tiraba de la mochila, me la quitaba, me arremangaba el impermeable y el chándal y me ataba las muñecas con un esparadrapo muy grueso.

Oí el riiiip de la tela engomada y el siguiente trozo me lo pusieron en la boca, para que no gritara.

La mano que me lo puso olía a perfume.

Corría el Talbot Solara y yo no tenía ninguna duda acerca de dónde me llevarían o acerca de lo que querían de mí. Lo único que me extrañaba era que no estaba asustado. Me había sobrevenido una especie de santa resignación al hecho de que la gente me avasallara. Y, de momento, aquella gentuza parecía más civilizada que los locos *heavies*.

Detrás de mí, la mujer hurgaba en la mochila.

—Pues aquí no hay ninguna foto —dijo.

—Pues el Joaquín dice que le ha dado una foto —dijo el gitano.

—Pues debe de haberla escondido —dijo la mujer.

Cuando nos detuvimos y pude incorporarme, no me sentí en absoluto sorprendido por el hecho de que estuviéramos ante los talleres Longo. Tampoco me sorprendió ver la cara del gitano del sombrero y la del *moderno,* aquel Moreno de Nieve que había recogido el cuarto de millón en las Ramblas. Con ellos iba una de esas mujeres muy rotundas, muy altas y además encaramadas en sus talones de aguja, que tanto gustan a algunos de mis compañeros de clase. Una especie de folklórica descarada, segura de sí misma, muy pintada y en plan «*aquí estoy yo porque he venido*». Era la propietaria de aquella cabellera rizada que había entrevisto al volante del Opel Kadett, aquel día, en la calle Bergara.

Entre los tres me empujaron hacia la puerta que llevaba al piso de los Longo. El taller estaba cerrado, la persiana bajada, abollada por los golpes que le habían propinado los *heavies* la noche del sábado.

Subí la escalera casi vertical a empellones. Me di cuenta de que no sentía absolutamente ningún miedo y, automáticamente, empecé a sentirlo. Me vino de una manera suave y disimulada, en forma de ¿qué me harán ahora?, pregunta a la que cabía responder: «Nada, ¿qué te van a hacer, si no tienes la foto?» No obstante, la respuesta no resultaba nada convincente.

Me vi en aquel comedor donde había conocido al *Lejía,* el señor Longo, aún no hacía dos días. Todo me recordaba la presencia de Clara. Los *souvenirs* de mal gusto, el lugar donde había dejado su bolso, la silla donde se había sentado. Casi esperaba verla aparecer, sirviéndoles cafés y bebidas a mis secuestradores. Pero no estaba. Por suerte o por desgracia, no estaba.

El *Lejía* me pareció más viejo, más cansado. Lucía un esparadrapo en la frente y se apoyaba en un bastón. Reminiscencias de la pelea del sábado.

—Hola, hijo —me dijo. Suspiró.

Yo le aguanté la mirada, desafiante. Me sentía cada vez más excitado. El miedo se me manifestaba en forma de un cansancio generalizado. Tenía que hacer un esfuerzo para mantener la moral, y estaba seguro de que si cedía un poco en ese esfuerzo algo se rompería en mi interior, y me echaría a llorar y las piernas me fallarían, y entonces sería como si se acabara el mundo.

El Moreno de Nieve, muy chulo, relató lo que había ocurrido. El *Lejía* le escuchaba sin quitarme el ojo de encima.

Me habían estado buscando toda la mañana. Por fin, se les había ocurrido mirar en *La Tasca* y me habían encontrado. Los *heavies* del *Puti* se les habían adelantado, pero yo me había librado de ellos. Me habían atrapado por segundos, porque el camarero del local, el Joaquín, ya había llamado a la pasma cuando ellos llegaron. El camarero del bar, el Joaquín, les había dicho que me había dado una foto, sí, pero ellos no me la habían encontrado en la mochila.

El *Lejía* suspiró como si yo le diera mucha pena, como si le supiera muy mal tener que actuar como lo estaba haciendo. Movió la cabeza y una mano apareció tras de mí y de un tirón me arrancó el esparadrapo de la boca.

—¿Dónde has escondido la foto?

Me aclaré la garganta.

—¿Qué foto?

—Venga, no te hagas el tonto. La foto, chico, la foto que me quitó Elías Gual...

—... Y que antes usted le había quitado a él.

—Primero yo se la quité a él, y después él

me la quitó a mí, sí. Yo ahora vuelvo a necesitarla.

—¿Por qué? ¿Para volver a hacerle chantaje al *Pantasma?*

—¿A quién? —le vino la risa.

—Al *Pantasma*. A Miguel, el conserje de la escuela, le llamamos el *Pantasma*...

—*Pantasma* —repitió el señor Longo. Y se rió—. Ja, ja, *Pantasma,* tiene gracia... —De nuevo se puso serio—: ¿Dónde tienes la foto?

—Me la han quitado el *Puti* y el otro.

El *Lejía* alzó las cejas para consultar con los que me habían llevado hasta allí.

—Sí... —dijo dudando el Moreno de Nieve—. Es posible...

—No hemos podido registrar a esos gamberros... —dijo el gitano.

El *Lejía* suspiró de nuevo.

—Ay, ay, chaval... —hizo—. Ven...

Me cogió por los hombros y me empujó hacia el pasillo, aquel mismo pasillo por donde yo había visto aparecer y desaparecer a Elías, con el sobre de papel de embalar en las manos, la noche del sábado. Me metió en una habitación oscura como la boca del lobo y cerró con llave. Sin decir palabra.

Tragué saliva y constaté que, aparte de un ligero temblor en las piernas, todo lo demás parecía ir bien. Había dejado de preguntarme qué podían hacerme. Era esa la pregunta que me ponía nervioso. Lo que debía preguntarme era qué podía hacer yo.

¿Y qué podía hacer yo?

La habitación estaba completamente a oscuras, y olía a cerrado. Me acerqué a la puerta, con la intención de localizar el interruptor y moverlo con la barbilla o con la cabeza. Pero desde ahí se oía perfectamente lo que hablaban afuera el Moreno de Nieve, la mujer, el gitano y el *Lejía,* y me quedé parado, conteniendo la respiración y escuchando.

—Vamos, volved a *La Tasca,* a ver si ya ha pasado el follón y podéis recuperar la foto...

—¿Y si ha llegado la policía y se la han llevado ellos?

—¡Os capo! —gritó de pronto el *Lejía.* Se calmó un instante, sólo para irse excitando de nuevo a medida que hablaba—. Si la foto ha caído en las manos de la policía, todo se ha ido a hacer puñetas, ¿no lo veis? ¡Aquí tan tranquilos, como si no pasara nada...! Si la pasma tiene la foto, os metéis en la comisaría y la robáis... ¡A tiros, si hace falta! —jamás hubiera imaginado que el padre de Clara pudiera perder los estribos de aquella manera. Acabó—: ¡Venga, largaos! ¡Corred!

Pasó un instante de silencio y su voz recuperó la serenidad.

—Tú no, Asunción —dijo—. Tú quédate.

Lejos oí el coche, que arrancaba y se iba. Más cerca, sonido de vasos, de una botella vertiendo líquido.

—¿Y qué piensas hacer ahora con el chaval? —preguntó la mujer, Asunción.

Si no sabían qué hacer conmigo, ¿por qué me habían secuestrado?

—¡No lo sé! —decía el *Lejía,* preocupado.

—Sólo nos faltaba este follón.

—¡Estamos en manos de Miguel, qué quieres hacerle...!

Miguel era el *Pantasma.* Se me pusieron las orejas de a palmo, dispuestas a enterarse de todo. No dijeron muchas cosas que yo no hubiera intuido, la verdad, pero como mínimo aquello me sirvió para confirmar y clarificar.

—Nunca debiste pactar con él... —decía la mujer, refiriéndose al conserje.

—¿Y qué tenía que hacer? Ya teníamos el negocio en marcha cuando aquel desgraciado nos quitó la foto. Si él hubiera hablado con Miguel antes que nosotros y le hubiera mostrado la foto, Miguel se nos habría puesto en contra. Por eso tuvimos que adelantarnos. Le dijimos que ya no le exprimiríamos más, que le pagaríamos por el trabajo que hacía para nosotros...

Es decir, lo que yo imaginaba. Con la foto que Elías utilizaba para hacerle chantaje al *Pantasma,* el *Lejía* había obligado al *Pantasma* a hacer algo ilegal. Las doscientas cincuenta mil pesetas no eran el pago de un chantaje, sino la liquidación de un trabajo hecho.

¿Cuál?

—Con todo esto —seguía la mujer— lo único que has conseguido es que él mandara más que tú. Míranos ahora, todos de culo por su culpa. Un conserje de mierda dice que no trabajará para nosotros si no quemamos la foto comprometedora, y todos echamos a correr como locos, como si nos jugásemos la vida...

—Bueno, tienes razón: nos la jugamos. Después de todo, ¿qué podemos perder? Si la pasma descubre la foto y reconoce a Miguel, irán a por él, no a por nosotros. En el peor de los casos, estaremos donde estábamos hace mes y medio... No es tan grave, después de todo...

¿Qué mostraba aquella foto que tanto comprometía al *Pantasma?*.

En una pescadería, agarrar una sardina grande y mirarle la boca. Y la vendedora riendo. ¿Qué podía haber de malo en aquello? Aquella gente parecía pensar que si la poli veía la foto, detendrían *ipso facto* al *Pantasma.* Pero, ¿qué hay de malo en mirarle la boca a un pez...?

Empecé a hacer suposiciones: ¿Tráfico de drogas camufladas en el interior de sardinas? ¿Diamantes robados y escondidos dentro de una sardina? Pero, en todo caso, ni el diamante ni las drogas salían en la foto. El mal no era éste, sino el mismo gesto, pensé.

... ¡Resultaba difícil que algo tuviera sentido cuando todo dependía de la boca de una sardina!

Tal vez, si me paraba a pensarlo, incluso yo le había mirado la boca a un pez alguna vez en mi vida. Y no me sentía culpable por haberlo hecho. Y no me avergonzaba decirlo. A mí nunca me habían dicho que mirar la boca de los peces fuera algo tan abominable...

Decidí, por tanto, cambiar de punto de vista.

«Imaginemos —dije— que la foto de la sardina no sea la auténtica».

Pensar esto y verlo todo claro fue una misma cosa.

Entendí, por ejemplo, por qué me llamaba la atención aquel sobre arrugado. Claro: el sobre que me había dado el camarero de *La Tasca* era nuevo, limpio, liso e impecable, mientras que el auténtico vi cómo lo arrugaba Elías cuando lo robó en casa de Longo.

Así, ayudado por la oscuridad que me facilitaba la concentración, comprendí un poco la broma de Elías. ¡Porque era una broma! Por eso cantaba: «Sardina frees-cué», y se reía, a pesar de su estado lamentable. Se reía porque me estaba explicando una inocentada que les había gastado a los *heavies*.

El domingo por la noche, cuando yo adiviné que se escondía en *La Tasca,* le entró pánico. Supuso que el *Puti* también le habría localizado al recibir su llamada, y decidió irse...

... Pero dejándole una broma privada. Una foto falsa. Por eso llamó a su hermana María y le pidió que le trajera la caja donde guardaba las fotos. Escogió una muy especial y la puso dentro de un sobre nuevo. Nuevo, liso, impecable.

Supongo que se imaginaba a los *heavies* yendo a ver al *Pantasma* y proponiéndole un chantaje millonario. Les imaginaba diciendo: «Pague, o todo el mundo se enterará de que espía las caries de las sardinas...» Y el *Pantasma* se echaría a reír y el *Puti* y los suyos quedarían en ridículo...

Sí... Era el tipo de broma que divertiría mucho a Elías. Una broma inocente, tal vez un poco estúpida, pero sin ninguna malicia.

No sabía en qué mundo vivía, pobre Elías. Él gastando bromitas inocentes y los otros atropellándole y mandándole a la Unidad de Vigilancia Intensiva.

La vida era injusta con él, pensé.

Y a continuación: ¿Y conmigo? ¿Cómo sería la vida conmigo?

En la oscuridad, el tiempo empezó a transcurrir más y más lentamente. La mujer y el *Lejía,* al otro lado de la puerta, ya no sabían de qué hablar. Y yo no conseguía imaginármelos abriéndome tranquilamente la puerta y diciendo: «Puedes irte, perdona la molestia.» Imaginaba, sí, que acabarían abriendo la puerta. Pero, ¿qué me dirían cuando lo hicieran?

¿Qué me harían?

11
Una manada de animales

Mis secuestradores estaban tan nerviosos e indecisos como yo. Su conversación se volvía incoherente por momentos.

—Y el taller cómo te va, ¿bien? —decía de pronto la mujer, para llenar el silencio.

Y el *Lejía* le contestaba:

—Les han detenido. Seguro que la policía ha detenido al *Puti* y al otro y se han llevado la foto.

La mujer intentaba calmarle:

—Tal vez no. Tal vez hayan logrado escapar.

Y se producía un silencio, al final del cual el *Lejía* decía:

—¿El taller, dices? Bien, sí, vamos, normal. En realidad, el taller no me importa demasiado. Tengo otros negocios...

—Sí, claro —decía la mujer—. Claro que se habrá presentado la policía, después del follón que se ha armado...

—¿Dónde? —preguntaba el *Lejía*.

—En *La Tasca*. Seguro que ha ido la poli. Y si ha ido...

—¡No quiero hablar más de este tema! —la cortaba el hombre. Y los dos callaban mientras él se paseaba arriba y abajo, arriba y abajo, y de pronto añadía—: Está claro que la policía se debe de haber presentado. Les habrán acusado de haber organizado el jaleo y se los habrán llevado...

—Pero eso no significa que la policía tenga la foto.

—Bueno, ¿quieres que te diga una cosa? ¡Me importa un rábano quién la tenga! ¡Ya está dicho!

—Tienes razón. Al fin y al cabo, si la pasma tiene la foto, será a Miguel a quien detendrán. Él se lo ha buscado. Tienes razón. No tenemos por qué preocuparnos.

—¿Que no tenemos por qué preocuparnos? —saltaba él, enfurecido—. Si pescan a Miguel, Miguel hablará de nosotros. ¡Es un histérico! ¡Se hundirá y lo cantará todo!

Yo estaba sentado en el suelo, junto a la puerta, y pensaba que acabaría loco si continuaba oyendo tantas tonterías.

El *Lejía* y la mujer habían llegado ya a la conclusión de que la policía había detenido al *Pantasma,* cuando éste se presentó de improviso. No parecía estar al corriente de nada.

—Buenas tardes —le oí—. ¿Cómo va todo?

Noté unos instantes de dudas. No osaban preguntarle directamente por qué no estaba en comisaría, o si la policía le había ido a buscar.

—¿Cómo va eso, Miguel? ¿Todo bien?

—Oh, hoy han estado insoportables...

—¿Quién ha estado insoportable?

—¡Los niños!

—Ah, claro, los niños...

—Claro. ¿A quién pensabais que me refería?

—No, no, a nadie. Los niños. Insoportables. Claro. No pensaba en los niños, ahora...

Seguía el diálogo para besugos.

—¿Qué? —dijo por fin Miguel, poniendo el dedo en la llaga sin saberlo—. ¿Ya habéis recuperado mi foto?

—No... Todavía no —el *Lejía* carraspeó—. ¿Y tú? ¿Sabes algo de la foto?

—No, nada. ¿Por qué? ¿Qué tendría que saber?

—Por nada, por nada. Era por si alguien te había hablado de ella...

—Nadie. ¿Por qué? ¿Quién iba a hablarme de la foto?

—Nadie, nadie. Hablaba por hablar...

—Bueno... Como mínimo, habréis localizado al chico aquel a quien Elías iba a dar la foto, ¿no?

—Sí... Al chaval sí lo tenemos...

—¡Pues quiero verle!

«Ayayay...», pensé yo en la habitación. El *Pantasma* se estaba oliendo que algo iba mal y empezaba a subirse por las paredes.

—Pero... —objetó Asunción.

—Pero, ¿qué?

—Pues... Que dice haber visto la foto...

—¿La ha visto? ¿La tiene?

—No. La ha visto, pero no la tiene.

—¿Y dónde está?

—¿La foto? No lo sabemos...

—¡Traedme al chico! ¡Quiero hablar con él!

Realmente, aquel recién llegado al mundo del hampa trataba como soldados rasos a veteranos de toda la vida. Comprendí que los otros no le miraran con buenos ojos. Incluso pensé que tal vez estaba jugando con fuego aquel mosquita muerta.

Se abrió la puerta. La luz me hizo cerrar los ojos. Mientras me empujaban por el pasillo, me pregunté qué le diría al conserje. Decidí contarle la verdad.

Abrí los ojos ante su guardapolvo gris. Le miré a la cara. Tan pálida como la de un vampiro, enmarcada por un pelo tan negro y tan brillante. En sus ojos había una majestad que nunca le había notado en la escuela.

Me dio una bofetada que casi me giró la cara. Grité y caí de rodillas, con la respiración entrecortada.

—Eso para que veas cómo las gasto —le oí decir, a pesar del silbido que se había instalado en mi oído izquierdo—. Y todavía puede irte peor si no nos ayudas.

Sentí un miedo insuperable, y el temblor de las piernas se me transmitió a todo el cuerpo.

—¿Dónde está mi foto?

—La... La tenía el *Puti,* arrugada en las manos, cuando le pegué una patada en la cara...

Soltó de nuevo la mano. Esta vez me dio en la boca con el dorso y me hizo sangre.

—¡Pero si es verdad! —grité rabioso.

—¡Por si las moscas! —me gritó él.

Decidí liarlo todo:

—¡La tenía el *Puti* en las manos cuando le detuvo la policía!

—¿Quéeeee? —hizo él. Se volvió hacia los otros dos—: ¿La policía tiene mi foto...?

Tardaron un poco en responder. Mientras, yo me incorporaba en el centro del comedor. ¿Qué podía pasar si le contestaban que sí, que ya estaba condenado, que la policía conocía su secreto? Tal vez decidiera denunciarles a todos...

Sí, aquella era la posibilidad que temían.

—Bueno... —dijo el *Lejía,* después de toser—. No es seguro, no lo sabemos... Este chico ha visto una foto y piensa que era la tuya pero, a lo mejor...

El *Pantasma* se volvió hacia mí. No pude evitar un gesto de esquivar un golpe, pero esta vez sólo quería agarrarme de la ropa y zarandearme adelante y atrás, arriba y abajo, como si pretendiera comprobar si tenía las orejas bien pegadas a la cabeza.

—¿Cómo era la foto que has visto? ¿Cómo era?

Me habría gustado poder convencerle de que era la foto que él temía. Me habría gustado verle tan asustado como yo.

—Salía usted —dije.

—¿Salía yo? ¿Y quién más...?

—Y una...

Y, en este momento, podría haber dicho mil cosas. Podría haber hecho un intento de aproximarme a lo que sospechaba, o no decir nada en concreto y esperar a que él se delatara. Pero no hice nada de eso. Cuando abría la boca para contestar, se me apareció el rostro patéticamente sonriente de Elías, y dije, casi sin pensarlo:

—Y una sardina. Y una sardina muy grande.

Del trompazo que me propinó salí disparado contra una butaca y la derribé.

—¡A mí no me tomes el pelo! —emitió un chillido agudo y espantoso, como si hubiera enloquecido—. ¡A mí no me tomes el pelo!

Yo deseaba haber perdido el conocimiento pero, por lo que se ve, no se pierde así como así. Me incorporé detrás de la butaca, sintiendo una terrible quemazón en el rostro y el latir de la sangre en un ojo, y vi cómo le sujetaban para que no siguiera pegándome. Se lo agradecí.

De pronto, el *Pantasma* se había echado a llorar.

—¡Es la foto! —gemía—. ¡Es la foto, maldita sea...!

Me quede de piedra. Pero, ¿qué decía! ¿Qué era la foto? No entendía nada. Había dicho «sardina» y él había contestado «no me tomes el pelo», y, acto seguido, afirmaba que aquélla era la verdadera foto. ¡Pero si yo sabía que no podía serlo, de ninguna manera!

El *Pantasma* había perdido el control. Le propinó una patada a una silla y la mandó al quinto pino. El *Lejía* le sujetaba como buenamente podía.

... Tal vez aquello significara que el secreto estaba en la palabra «sardina». Decidí hacer una prueba. Dije:

—¡Sardina!

Los chillidos del *Pantasma* se hicieron más agudos y temebundos.

—¡Sardina! —insistí.

El conserje, debatiéndose ferozmente entre los brazos del *Lejía,* se congestionó como si estuviera a punto de estallar, y pataleó como un niño rabioso.

—¡Sardina, sardina, sardina!

Aquella palabra tenía la virtud de provocar una especie de violentas descargas eléctricas en el cuerpo del *Pantasma*. Ahora, sus gritos se habían convertido en una letanía obsesiva: «Que se calle, que se calle, que se calle», y a mí empezaba a escapárseme la risa, cuando el *Lejía* se volvió hacia mí y ladró:

—¡Haz el favor de callar, o te rompo este bastón en la cabeza!

Y se acabó la juerga.

Un segundo después, apaciguado por el *Lejía* y una taza de tila que le hizo la mujer, el *Pantasma* entraba en la fase depresiva de su crisis.

—Tienen la foto, estoy acabado —lloriqueaba sonándose con una servilleta que había cogido de la cocina. Una especie de temblor le recorría el cuerpo. Los demás querían calmarle, pero no sabían cómo hacerlo.

—Tranquilo, tranquilo...

—A lo mejor la policía no ha cogido la foto... —argumentaba el *Lejía,* contradiciéndose.

—Sí, sí que la han cogido. ¿Cómo quieres que les pasara por alto una foto como aquélla?

—Pero la pasma no te ha ido a buscar, ¿no? No te han reconocido, Miguel...

—¡No, no, no! —hacía él—. ¡Sí, sí, sí! ¡Se me reconoce perfectamente! ¡Sois unos desgraciados! ¡Lo habéis echado todo a perder...! No me han venido a buscar porque..., porque...

No sabía por qué. En realidad, nadie sabía por qué no le habían detenido si la foto había caído en manos de la policía. La única explicación sensata era la que ahora repetía, una y otra vez, el *Lejía.*

—Que no la tienen, Miguel. Hazme caso, que no la tienen...

Parecía uno de esos animadores de gran transatlántico que tienen que decir que todo va bien aunque el agua les llegue a las cejas. Y el *Pantasma* parecía el pasajero más bajito de todos los que no saben nadar.

Y yo pensaba en la palabra que había provocado todo aquel número. «Sardina.» Debía de tener algún significado secreto para el conserje. Un significado que Elías conocía: por eso eligió aquella foto, aquella y ninguna otra, para gastar su broma privada.

«Sardina.»

Acaso antes de entrar en la escuela, el *Pantasma* hubiera llevado una vida criminal donde se le conocía por el alias de «El Sardina». No, eso no tenía ni pies ni cabeza. Además, el comportamiento del conserje evidenciaba su condición de debutante en el mundo de la delincuencia.

¿Entonces?

Pensé en las otras fotos de Elías, de las que me había hablado su hermana. El *Pantasma* paseando por las Ramblas. Mujeres que hacen la carrera. Imaginemos que la foto le mostrara cerrando tratos con alguna de ellas. ¿Y qué? Me deshinché de inmediato. ¿Es que una cosa así podía comprometerle? Ni siquiera estaba casado. Y la palabra «sardina» no acababa de encajar en esta especulación.

La llegada del gitano y del Moreno de Nieve me hizo bajar de las nubes y prendió de nuevo el interés de cuantos estábamos en aquella habitación. Ahora obtendríamos la respuesta a nuestras preguntas. Yo estaba tan interesado en escucharla como los demás.

—¿Qué ha pasado?

—¿Qué sabéis?

—¿Tenéis la foto?

Venían jadeando y les gustaba ser el centro de atención, de modo que se hicieron rogar.

—Un momento, un momento, sin prisas...

—¿Lo explicas tú o lo explico yo?

—¡Os ponéis de acuerdo antes de que cuente hasta tres —gritó exasperado el *Lejía*—, u os arranco las orejas con unas tenazas!

Quién le había visto y quién le veía. A veces daba miedo el padre de Clara.

—La policía ha clausurado *La Tasca* y se han llevado al *Puti* y al *Piter*... —el gitano me dedicó una mirada rencorosa—. El chaval los ha dejado para el arrastre...

—¡Peor para ellos! —ladró el *Lejía*—. ¡Sigue!

—Hemos entrado en *La Tasca* por el patio de luces. Allí hemos encontrado una foto arrugada...

—¿Habéis encontrado *la foto?* —se ilusionó el *Pantasma,* creyéndose salvado.

Yo contenía la respiración.

—Hemos encontrado *una* foto. Pero no era *la* foto.

Desencanto general.

—¿Cómo... Cómo lo sabéis? —preguntó el *Pantasma,* poniéndose lívido.

—Nos ha parecido tan rara que hemos ido a la Comisaría y hemos esperado a que saliera el camarero, que estaba declarando. Le hemos preguntado si era la foto por la que se peleaban...
—La foto, por fin, salió a la luz—... Y nos ha dicho que sí...

Mientras la foto pasaba de mano en mano, pude echarle una mirada. Sí, era la misma. La de la sardina. Y todos la miraban como habría mirado el hombre de Cromagnon una máquina tragaperras.

—Una sardina... —dijo el *Lejía.*

—Una sardina y Miguel —dijo la mujer—. ¡María Santísima!

Ambos se echaron a reír dejando patidifusos al gitano y al Moreno de Nieve, que no sabían de qué iba el asunto.

Yo miraba al *Pantasma.* A él le duró bastante más la cara de alelado. Tardó más en constatar que se trataba de una confusión. Por un momento pareció que también él echaría a reír, dando escape a toda la angustia pasada. Pero no. La risa se le heló en los labios, los ojos se le hicieron pequeños y feroces, llenos de rabia y, visto y no visto, se levantó de la silla y se abalanzó sobre mí insultándome de una manera estremecedora.

No fueron tanto sus insultos lo que me hirió, sino el hecho de que me agarrara por el cuello e intentara estrangularme.

Con las manos atadas a la espalda, yo no podía hacer más que mover los ojos de un lado a otro para pedir ayuda. Si querían librarse de mí, había llegado el momento. Bastaría con que dejaran que el *Pantasma* se desahogara a su aire.

Fueron los peores cinco segundos de mi vida.

Los otros cuatro se abalanzaron sobre él, todos a la vez, para sujetarle.

—¡Basta, Miguel!

—¡Cálmate!

—¡Si tendrías que estar contento...!

Le arrastraron al otro extremo de la habitación y le sentaron en una butaca, como si estuviéramos en un ring y acabara de sonar la campana. Todos se interesaron por el *Pantasma,* que lloraba y gritaba mientras intentaba zafarse de quienes le sujetaban. A mí nadie me hacía mucho caso, pero no me importaba, con tal de que concentraran todas sus fuerzas en la causa de sujetar a aquel energúmeno.

—¡Si tendrías que estar contento! ¡La poli no tiene la foto! ¡Ha sido todo una confusión! ¡Aquí no ha pasado nada!

—Pues, ¿dónde está la foto? —protestaba él, obsesionado—. ¡Quiero la foto! ¡Estoy harto de este juego! ¡Quiero la foto! ¡Si aquí no ha pasado nada, quiero que me traigáis la foto y que la queméis delante mío! ¿Lo oís? ¿Lo entendéis? ¡Traedme la foto, *u os denuncio a todos*...!

Eran palabras mágicas. Al oírlas, los cuatro que intentaban calmarle le soltaron de golpe, dieron un salto atrás y se quedaron muy quietos, mirándole.

—¿Entendido? —dijo él, tratando desesperadamente de conservar la dignidad. Añadió con voz más débil y quebradiza—: ¿Eh? —Y derrotado, lívido como un cadáver—: ¿En-ten-di-do?

—¿Qué has dicho? —preguntó el *Lejía,* con cara de enterrador.

El *Pantasma* se había pasado de la raya con su amenaza. Intentó una sonrisa conciliadora y le salió una mueca espantosa. Buscó nuevas palabras.

—Después de todo... Todos vamos en el mismo caballo, ¿no?

Comentario que hubiera podido pasarme por alto, de no ser por los cinco pares de ojos que automáticamente se clavaron en mí. Cinco interrogantes que querían saber si yo había entendido el auténtico significado de aquellas palabras.

Tragué saliva. Me puse tan rojo como el culo de un mono.

Es curiosa la cantidad de nombres de animales que utilizamos para designar cosas diversas. El *rata* de hotel que es *gato* viejo y que está al *loro* para entrar a robar en las habitaciones. El *gorila* del *pez* gordo. La vieja *cacatúa* que está un poco *foca* y se cree un *águila.* El macarra que huele a *tigre* y que se pone *gallito* con la navaja en la mano, pero que es un *gallina* cuando va desarmado. La *zorra* que se liga a un *mirlo* blanco. Y el *camello* que tiene una clientela de tíos que se ponen como *fieras* cuando tienen el *mono,* y que por eso le compran *caballo* al precio que sea...

«Caballo», había dicho el *Pantasma.*

Y yo había entendido perfectamente a qué se refería.

Caballo, heroína, demonios, ya lo creo que lo había entendido. Y los otros también, y la palabra mágica les había frenado y ahora el *Pantasma* aprovechaba la ventaja para recoger los pedazos de su dignidad hecha añicos.

—... Yo me limito a distribuir... —agregó.

El gitano le sacudió una bofetada.

—¡Calla!

Aturdido e impresionado, yo comprendía que el *Pantasma* vendía droga. Que de esas ventas salían las famosas doscientas cincuenta mil pesetas. Que primero le habían obligado a colaborar con ellos presionándole con la misteriosa foto y después habían pactado pasándole un sueldo. Al fin iba entendiéndolo todo.

—Quiero decir... —gemía el desgraciado— que estoy muy nervioso... Que puedo perder los nervios en el momento menos pensado... Somos un equipo, yo os ayudo a vosotros y vosotros me ayudáis a mí... —casi lloraba, como un niño consentido, cuando añadió—: ¡Sólo os pido que encontréis la foto!

Se relajaron. Al parecer, consideraban que la suya era una aspiración razonable.

El *Lejía* no me quitaba el ojo de encima. Y por más que yo me esforzara en poner cara de inocente, de *no he oído nada, y aunque lo hubiera oído, no lo habría entendido,* él sabía que yo lo sabía y yo sabía que él sabía que yo lo sabía. Llegados a este punto, el padre de Clara pareció comprender que no había motivos para no hablar claro ante mí.

—El único que sabe dónde está la foto —dijo mirándome a los ojos— es Elías...

—Elías está muy grave, en el hospital —intervino el Moreno de Nieve.

Ahora, el *Lejía* habló conmigo.

—¿Por qué no llamas a la familia de Elías y les preguntas cómo está?

Aunque hice un esfuerzo de buena fe para comprenderle, me pareció la persona más cruel del mundo. Era el asesino y sólo pretendía que yo le confirmara que su víctima había muerto para poder quedarse tranquilo y poder continuar adelante con su negocio de drogas. Tuve que apretar los dientes. Tenía ganas de escupirle. Pero no, decidí que no lo haría. Prefería transmitirle la noticia de que Elías todavía estaba vivo.

Asentí con la cabeza. Y pensaba: «Ahora veréis.»

El *Lejía* cogió el teléfono. Me ordenó que le dijera el número y esperó con el aparato en la oreja a que respondieran. En el intervalo, el Moreno de Nieve anunció que se iba al supletorio a escuchar, no fuera a ser que yo intentara hacerles la pirula.

Contestó una voz muy infantil.

—¿Diga?

El *Lejía* me puso el auricular en la oreja. Yo no podía cogerlo, porque continuaba con las manos atadas a la espalda. Mientras hablaba, procuraba no mirarle a la cara, y no pensar en que era el padre de Clara.

—¿María? Soy *Flanagan*...

—¡*Flanagan*! ¿Dónde estás?

—Por ahí... ¿Cómo está tu hermano?

—Bien.

Me hizo feliz. Se lo habría gritado a la cara a todos aquellos animales: «Está bien, ¿lo habéis oído? ¡Está bien!»

—Está bien, ¿no? —repetí, para que quedara claro.

—Ha recuperado el conocimiento —seguía ella. Estuve a punto de gritar un «¡bravo!»—. Pero se sentía un poco confuso y cansado, y todavía le tienen en la UVI. Está durmiendo.

—Ha recuperado el conocimiento y está durmiendo —repetía yo, en un tono de *Pues qué os creíais*—, pero el médico dice que se pondrá bien, ¿no?

—Sí. Temían que llegara a caer en coma...

El *Lejía* me llamó la atención con un gesto.

—Que te lo repita su padre —susurró. Y puso cara de bueno—. Para quedar tranquilos.

—Escucha... —dije—. ¿Podrías decirle a tu padre que se ponga un momento?

—... O su madre... —apuntó el *Lejía*.

—O tu madre —apunté yo.

—¿Mi padre o mi madre? ¿Cuál de los dos?

—Cualquiera, da igual...

Se puso el señor Gual. Me agradecía todo lo que había hecho por su hijo y confirmaba lo que me había dicho su hija.

—Mira si estamos tranquilos que hasta hemos venido a comer a casa... Claro que tampoco podíamos estar con él allí, en la Unidad de Vigilancia Intensiva...

El *Lejía* me estaba indicando con gestos que cortara, que me despidiera. «Adiós y gracias» «Adiós, adiós», y cortó la comunicación.

Inmediatamente se levantó, me agarró por el impermeable y me arrastró hacia la misma habitación de antes. Estaba maquinando algo, según vi pintado en su rostro. Estaba maquinando algo muy fuerte y desde que lo intuí empecé a angustiarme.

Me metió en la habitación con un empujón y cerró con llave. De un salto, me acerqué a la puerta.

Empezaron a hablar en susurros, como conscientes de que yo podía escucharles, y aunque yo no llegaba a entender nada, aquellos murmullos secos, precipitados, imperativos, me helaban la sangre en las venas.

Me bastó con cazar algunos fragmentos de la conversación para comprender lo que se proponían.

—... Si le obligamos a decir dónde está la foto y la quemamos, te quedarás más tranquilo, ¿no, Miguel?

—... Entrar en el hospital...

—¿Cómo?

—... Comprar batas blancas...

—... Mediodía...

—... No habrá nadie...

—... Ni sus padres...

—... Tú, de médico, ella de enfermera...

—... Un ladrillo en el bolso, por si las moscas...

—Pero, ¿pensáis que lo dirá?

—... Inferioridad de condiciones. ¡Le amenazamos, le desconectamos los aparatos, lo que sea!

Iban a maltratarle hasta que confesara dónde estaba la foto...

Uno disfrazado de médico, la mujer de enfermera, entrarían en el hospital a mediodía, cuando había menos movimiento, y el *Pantasma* se quedaría contento, ¿no?

Si recuperaban la maldita foto y la quemaban, ya nadie podría hacerle chantaje, ¿no?

... Y si, zarandeando al accidentado, aún en estado crítico, se les quedaba entre las manos, tampoco se preocuparían mucho. Al fin y al cabo, ya habían tratado de matarle una vez.

Me puse como loco. Luché frenéticamente contra el esparadrapo que me sujetaba las muñecas. Quería encender la luz para ver si podía descubrir algo que me ayudara, pero no encontraba el interruptor, y aquella gentuza, dicho y hecho, ya se ponían manos a la obra, ya se levantaban haciendo ruido con las sillas...

Empecé a pegar patadas a la puerta. Me dio algo parecido a un ataque de locura. Entre lágrimas, me oí bramar:

—¡Sé lo que os proponéis! ¡Pero no lo conseguiréis, asesinos! ¡Porque iré a la policía y os haré pagar por lo que habéis hecho, asesinos!

¡Y ahora matadme a mí, cobardes, dejad en paz a Elías...!

Nadie me hizo caso. Oí cómo se alejaban sus voces, y cómo se cerraba la puerta de la calle.

Me sentí más solo, más impotente que nunca. ¿Por qué me metía en follones de los que después no sabía salir?

Proyecté mi hombro contra la puerta. Hizo un ruido de mil demonios, pero no pareció dispuesta a abrirse. ¿Ruido?, pensé. Tal vez aquella fuera el arma. Grité. Como una sirena de fábrica. Como nadie puede haber gritado en toda la historia de la humanidad. Grité llenando mis pulmones hasta que decían basta y vomitando después todo el aire, como una catarata ensordecedora.

—¡Aaaaaaaaaaaaaaaaaaaaaaaaaaaah!

Y mientras tanto pensaba. Vaya si pensaba, a mil por hora. Pensaba que con la ventaja que me estaban sacando ya no había esperanzas. Calculé que llegarían al hospital en cosa de media hora.

Pero no me resignaba.

¿De qué me serviría salir de la habitación?

Llamaría al hospital. ¿Creerían la palabra de un desconocido? Bueno, ¿acaso no daban crédito a los avisos de bomba?

—Señorita, unos traficantes de droga quieren matar a uno de sus pacientes...

—¿Con quién hablo?

—¡Eso no importa! ¿Es que no me oye? ¡Que quieren matar...!

—Sí, sí, ya le he oído. Pero comprenda que para fiarme de usted primero tengo que saber quién es. Podría ser un cualquiera, ¿me sigue? Un niño haciendo una travesura...

—¡Soy un niño, pero no hago ninguna travesura!

—Lo sospechaba.

La telefonista imaginaria se enfadaba y cortaba la comunicación.

—¡Señorita, por favor! —yo me ponía optimista e imaginaba que aún no había cortado, que existían las segundas oportunidades—. ¡Tiene que escucharme!

—Está bien... Veamos. ¿De qué paciente se trata?

—Elías Gual.

—¿Su segundo apellido?

—¡Y qué importa su segundo apellido!

—De acuerdo, tienes razón. Aceptemos que no importa el segundo apellido... ¿Qué le ha pasado a este señor? ¿Por qué está ingresado?

—¡Accidente de moto! ¡Está en la UVI!

—Ah, en ese caso, este no es el departamento pertinente. Tiene que llamar al número...

—¡Aaaaaaaaaaaaaaaaaaaaaaaaaaaah!

¿Y si comunicaban? ¿Si la línea estaba ocupada?

¿Y si el *Lejía* había arrancado los cables del teléfono? ¿De qué serviría salir de la habitación?

De nada.

Llamaría desde una cabina de la calle. Desde la casa de un vecino, en la misma escalera.

Me pedirían explicaciones. La gente siempre pide explicaciones, siempre hace preguntas inoportunas e impertinentes.

—¿Pero tú quién eres, dónde vives, cómo te has enterado de que Elías corre peligro, quién te lo ha dicho, seguro que no es una broma...?

—¡A usted no le importa quién sea yo y quién me lo haya dicho! ¡Hágame caso! ¡Están a punto de matar a Elías!

De qué me serviría llamar por teléfono.

De nada.

Tendría que ir allí, correr hacia el hospital.

Tampoco podía correr más que un Talbot Solara o que un Opel Kadett. ¿O sí? ¿Cómo podría arreglármelas para correr más que ellos?

—¡Aaaaaaaaaaaaaaaaaaaaaaaaaah!

Ya debían de haber pasado cinco, quizá diez minutos. Ya estaban casi a mitad de camino. Y yo pensaba: «Tal vez hayan parado por el camino para recoger algo... ¡Las batas! ¡Claro! Tienen que comprar las batas blancas... Si han parado por el camino, quizá tarden una hora en llegar al hospital...! ¡Bueno! ¿Qué importa eso? ¡Me llevan diez minutos, quizá quince, de ventaja y yo ni siquiera he podido salir de aquí!

—¡Aaaaaaaaaaaaaaaaaaaaaaaaaah!

Y:

«No, en avión no. ¿En qué demonios puedo ir que corra más que un Talbot Solara?

Me vino a la mente el viaje que había hecho en ambulancia. La velocidad de aquel vehículo para el que no existían los semáforos, al que todos ceden el paso. ¡La ambulancia, claro! ¡Y aquel número tan fácil, la misma cifra repetida siete veces!

¡Sí, si pudiera salir de la habitación, llamaría a la ambulancia y le diría que me llevara al hospital a toda velocidad porque teníamos que salvar la vida de un hombre...!

¿Me creerían?

—¡Aaaaaaaaaaaaaaaaaaaaaaaaaah!

Mi propio grito me impidió oír el crujido de la cerradura y la luz me cegó y frustró mi rugido entusiasmado.

Parpadeé, aturdido, encontrándome ante una Clara que me pedía silencio.

—¡Chhhst! ¡Que harás que vuelva mi padre!

¡Qué guapa estaba! No llevaba maquillaje

y vestía una sencilla blusa y unos tejanos ceñidos.
La habría abrazado, la habría besado en la boca,
pero no había tiempo que perder. Hice lo mismo
que un gato hambriento que uno ha dejado dentro de la casa. Todo fue abrir la puerta y...
... ¡Fzzzuuummm, visto y no visto!

12
Fue bonito mientras duró

Recuerdo los minutos que siguieron de una manera muy confusa. Sé que pasé como un rayo junto a Clara, que fui hasta el teléfono y que me puse a dar saltitos a su alrededor, como para llamar la atención sobre el hecho de que me resultaba imposible descolgar el auricular y marcar un número, teniendo, como tenía, las manos atadas.

Clara captó el mensaje. Cortó el esparadrapo con unas tijeras, rasc, rasc, rasc, y me vi libre.

—¿Qué ha ocurrido? —quiso saber entonces.

—HanidoalhospitalMataránaElíasDebemosimpedirloAhorallamaréunaambulanciaNotemolestesenllevarmelacontrariaHesopesadotodaslasposibilidades —así se lo dije, todo seguido.

Creí que bastaría con esta explicación. Pero no.

—¿*Quién* ha ido al hospital? —quiso saber ella.

Yo ya tenía el teléfono en las manos. Algo en su tono de voz me paralizó el gesto. La miré, aún más sorprendido por el destello de advertencia y de miedo de sus ojos. Así nos quedamos los dos durante un largo segundo, escudriñándonos, haciendo la estatua. En este segundo, me pasaron miles de cosas por la cabeza.

«¿*Quién* ha ido al hospital?», me había preguntado. Y con eso quería decir: «¿Ha ido mi padre?» O sea: «Apenas acabo de liberarte, ¿y ya estás pensando en denunciar a mi padre?» En resumen: «No sé qué ha hecho, pero es mi padre, Juan. No lo olvides.»

Yo quería contarle que su padre traficaba con drogas, con heroína. Pero abrí la boca para gritar:

—¡Han ido todos! ¡El *Pantasma* les tiene dominados, les ha obligado! ¡Si no hacemos nada, Elías puede morir! ¡Tenemos que pedir una ambulancia para adelantarnos a ellos!

—Está bien —dijo ella—. Vamos, date prisa.

Me sentí un poco traidor por no hablar más claro.

—Sí —dije.

Marqué las siete cifras iguales en el teléfono, aquellas que había visto en la ambulancia mientras Elías yacía sobre el asfalto. Engolando la voz y pronunciando con corrección, dije que necesitábamos una ambulancia, que había un herido en el barrio, exactamente en la carretera de la Textil, allí en los Jardines.

—¡Es urgente! —concluí. Y corté la comunicación.

—¿En la carretera? —preguntó Clara, desconcertada.

—¡Sí, no te preocupes, lo tengo todo pensado! ¡Vamos!

En aquel preciso instante, oímos la llegada de un coche. Ruedas sobre la grava, abajo.

—¡Mi padre! —adivinó Clara.

—¡Corre!

—No, no... ¡Espera!

Yo quería ir hacia el fondo del pasillo, por
donde había salido Elías el sábado y, por lo
tanto, por donde suponía que también podríamos
escapar nosotros. Pero Clara cogió un palillo y se
precipitó escaleras abajo hacia la puerta de entrada.

Adiviné lo que estaba haciendo, y que lo
estaba haciendo justo en el momento apropiado.

Al mismo tiempo que su padre iba a poner
la llave desde fuera, ella metió el palillo desde
dentro y lo rompió. Aquella cerradura ya la
podían tirar. Ya no serviría para nada. La llave
del *Lejía* no pudo entrar.

—Joder, qué raro... —dijo mientras su
hija volvía a subir, muy ligera y de puntillas.

Yo la observaba desde arriba y me pareció
encantadora, como la protagonista de una novela
de aventuras. Cogió de rondón un impermeable
blanco con capucha y me sonrió.

—¡Vamos, vamos, vamos...!

Ahora sí, nos fuimos hacia el fondo del
pasillo, llegamos a la cocina, nos encaramamos al
fregadero y salimos por la ventana que daba a la
parte posterior del edificio. Un salto, ¡hop!, y nos
descolgamos hacia afuera, donde había una cor-
nisa y también una cañería, y después un cobertizo con tejado ondulado de plástico verde.

Saltamos sobre ese tejado, mojado por la
lluvia persistente, y de allí al suelo, y echamos a
correr montaña abajo, hacia los enclenques árboles del Parque. Nadie gritó a nuestras espaldas ni
arrancó ningún coche ni sonó ningún tiro.

Yo corría. Nervioso y preocupado por
Elías, pero contento. Porque Clara, al impedir la
inoportuna entrada de su padre al piso, había
demostrado que estaba de mi parte. Y, tonterías
que se piensan en momentos como éste, me decía
que aquello era una demostración de simpatía y

confianza. O, al menos, eso era lo que yo quería pensar.

Atravesamos el Parque, corriendo viento en popa a toda vela, llenándonos los zapatos de barro y chapoteando en los charcos, subiendo un poco hacia la Montaña. Después bajamos por la pronunciada pendiente, salpicada de desmayadas chumberas y cactos, a lo que llamaban los Jardines, hasta la carretera de la Textil.

Ya debía de haber pasado una buena media hora desde que salieron los verdugos de Elías. Quería creer que habían tenido que detenerse por el camino para comprar batas blancas, que aún disponíamos de tiempo para atraparles, pero...

Habían pasado cinco o seis minutos desde que llamé al hospital y aún no se veía ninguna ambulancia en la carretera.

—¿Qué haremos ahora? —preguntó Clara.

—Me moriré. O me pondré muy enfermo. Que me lleven al hospital, en ambulancia.

—Bien pensado.

La miré. Bajo la llovizna, con su impermeable blanco de capucha, me enamoró un poco más. Se la veía más serena que antes y, en cambio, yo sentí un arrebato de emoción que, incongruentemente, me hizo pensar en Jorge Castell poniendo cara de cuelgue mientras me hablaba de Clara Longo en mi despacho.

Clara Longo me estaba diciendo:

—Ayer por la tarde, mi padre tuvo una reunión muy larga en el garaje, con gente que yo no conocía, y con el *Puti* y sus *heavies*. Bebieron mucho y hablaron a gritos y pude pescar algunas palabras aisladas desde mi habitación. Oí que esta mañana unos cuantos te seguirían desde tu casa, cuando fueras a encontrarte con Elías. No oí nada de que os quisieran hacer daño, ni a ti ni a él... —se excusaba, angustiada—. Te lo juro. El

Pantasma también estaba presente. Decía que tenían que recuperar una foto, una foto que parecía muy importante. Les decía a todos que, si no la encontraban contasen más con su colaboración. ¡Sólo les oí hablar de la foto, *Flanagan,* tienes que creerme!

—Esta foto se ha convertido en una obsesión —comenté.

Los dos bajo la lluvia, encogidos bajo nuestros impermeables.

—Después —siguió—, mi padre me envió a casa de mi madre. Pero cuando esta mañana me he enterado en la escuela de lo que le ha pasado a Elías, he temido por ti. Me he saltado la clase de Mates y te he buscado por todas partes. De hecho, no esperaba encontrarte en mi casa...

Decidí ser valiente.

—Tu padre ha ordenado que me llevaran allí.

—Y a él le ha obligado el *Pantasma,* ¿verdad? —saltó ella automáticamente, deseando que le dijera que sí, que el *Pantasma* era el monstruo de la película, el único responsable de lo que estaba pasando.

De pronto comprendí que aceptar la culpabilidad del *Lejía* era demasiado fuerte para ella, y me pareció que bajo mis pies el barro se hacía más blando y resbaladizo. Miré hacia arriba y abajo de la carretera, deseando que llegara la ambulancia de una vez y que tuviera que simular que estaba inconsciente, ahorrándome así el dar más explicaciones.

Pero la ambulancia no llegaba.

—Mi padre lo ha hecho —repitió ella con el corazón encogido— porque el *Pantasma* le obliga, ¿verdad?

Bien. No me quedaba otra alternativa. Tarde o temprano tendría que afrontar la verdad.

—El *Pantasma* y tu padre trabajan juntos —me oí decir—. El *Pantasma* vende la heroína que le proporciona tu padre.

Clara abrió la boca. La cerró, la volvió a abrir. Sus ojos me odiaron.

—Embustero —dijo. Y reaccionó gritando—: ¡Es mentira!

—Es verdad —insistí, con la sensación de estar cavando mi propia tumba—. Heroína. *Caballo,* como la llaman ellos. Son socios. Los dos en el mismo *caballo.* —No podía callar—. Si uno va a la cárcel, le seguirá el otro.

—¡Es mentira, mentiroso, embustero, *mentiroso!*

Y yo, imbécil de mí, presa del pánico, tenía que seguir escarbando en la herida. Me salía una especie de agresividad hacia ella. No podía soportar que defendiera al *Lejía* porque, si lo defendía, si no le odiaba tanto como yo, aquello significaba que estábamos en bandos diferentes. Por eso no podía callar, aunque Clara hubiera empezado a llorar. Creo que los dos teníamos un ataque de histeria.

—No es mentira. ¡Tienen un buen negocio y no quieren perderlo, y ya han intentado matar a Elías una vez, y harán lo que haga falta con tal de conservar el chollo!

—¡No, no, no! —se tapaba los oídos para no escucharme.

Se acercaba la ambulancia.

Nos habíamos quedado frente a frente, como mudos, y ahora necesitaba un poco más de tiempo para explicarle que yo no tenía la culpa de que las cosas fueran como eran, que tal vez la culpa no era ni de su padre, sino del barrio, de aquel estercolero donde todos nos habíamos criado... No sé qué quería decirle, pero ya era demasiado tarde. Ella lloraba, y la sirena se acercaba y yo no podía olvidar el peligro que corría Elías.

—No... —hice—. Lo siento.

Me miró con los ojos vacíos y la expresión ausente, como si de pronto ya no le importara nada. Quizás era yo el que no le importaba, pensé asustado.

La ambulancia ya aparecía por una curva, a lo lejos.

—Clara, por favor...

Ni caso.

Tuve que dejarme caer al suelo.

Haciéndome el muerto sobre el barro, abriendo un poco, sólo un poco, los ojos, la veía a ella de pie a mi lado, muda y tiesa como una estatua, mordiéndose la lengua para no volver a llorar. Habría pagado todo lo que tenía por saber lo que estaba pensando, porque me dijera algo, aunque fuera para insultarme.

—Clara...

El estrépito de la ambulancia debía sobreponerse a mi murmullo. De pronto, el vehículo frenó a mi lado, un enfermero se acercó corriendo.

—¿Qué le ha pasado? —oí que preguntaba.

Y Clara, casi mordiendo las palabras, y en voz muy alta para darme a entender que estaba hablando conmigo, dijo:

—No lo sé. No le conozco de nada. Yo pasaba por aquí, y le he visto...

Me lo estaba diciendo a mí.

—¿Has sido tú quien ha llamado por teléfono?

—No.

«¡Clara, no me dejes ahora, por favor!»

Me tomaban el pulso. Seguro que lo notarían alterado. En todo caso, las marcas de los golpes que me había propinado el *Pantasma* eran lo bastante auténticas como para que me creyeran desmayado. Y, además, la lluvia que me empapaba y el barro. Entre una cosa y otra, supongo que daba pena.

Me cogieron por los sobacos y los pies. Me tendieron en la camilla.

«¡Un momento!», quería gritar yo. «Un momento, tengo que hablar con la chica...» Pero no podía decir nada. Ya me subían a la ambulancia. «¿Es que la vendo yo, la heroína? ¿Qué te he hecho yo, Clara? ¿Es que hubieras preferido no saberlo? ¿Vivir con los ojos cerrados? ¿No tener que ser la encubridora de tu padre?»

Ya cerraban las puertas y Clara no se había sentado a mi lado.

—¡Clara! —grité, sin poder evitarlo.

El enfermero que estaba conmigo me puso la mano en el pecho.

—Eh, está consciente...

La ambulancia salió disparada, alejándome de Clara.

—¿Me oyes, chico? ¿Puedes oírme? ¿Dónde te duele?

Yo sabía dónde me dolía. Vaya si lo sabía. Me dolía el estómago, por ejemplo, donde se me había formado un nudo; me dolía la garganta, y la lengua de mordérmela; me dolía Clara. Pero eso no podía decírselo porque no me habría entendido. En realidad, ni yo mismo entendía que una cosa así pudiera hacer tanto daño.

De modo que, sin abrir los ojos, me concentré en mi papel y seguí murmurando tonterías.

—Clara... Clara y oscura... Y grandeeeee... Y lejana...

—Corre —dijo el enfermero a mi lado—. Está delirando el pobre chico. Creo que le han dado una buena paliza...

—... No me peguéis más... —gemía yo—. Seré bueno... No lo haré más...

—Tranquilo, chaval, tranquilo...

Tenía la sensación de que la ambulancia iba demasiado despacio, de que los otros ganarían la carrera y llegarían antes a la cabecera de la cama de Elías.

—¡Corre... corre...! —deliré.

—¡Corre, corre! —deliró el enfermero—. ¡Corre o se nos queda!

Imaginé que «quedarse» era una expresión de uso en los hospitales para indicar que un paciente estiraba la pata, de modo que lo aproveché.

—¡Que me quedo! —dije—. ¡Que me quedo!

El conductor se lanzó a una carrera vertiginosa, hacia la autopista, zigzagueando para esquivar a los demás vehículos, con la sirena a todo volumen y el pie del acelerador clavado contra la chapa del vehículo.

Me sentía un poco culpable del ansia provocada en aquellos muchachos, y me sabía mal que arriesgasen sus vidas (y la mía, de paso), pero eso, al lado del miedo de haber perdido para siempre a Clara, era una emoción marginal.

Noté que habíamos llegado a la ciudad por una serie de frenazos y acelerones salvajes.

Poco después, mucho antes de lo que calculaba, antes de que hubiera podido preguntarme qué haría a continuación, nos colábamos en el hospital por el túnel de urgencias.

Puertas que se abrían y se cerraban, manos que tiraban de la camilla y me llevaban hasta la luz blanca. Me ponían en otra camilla, me empujaban hacia un interior que olía a medicinas y desinfectante. Tuve miedo de que me llevaran al quirófano para operarme de alguna cosa.

—¿Qué tiene? —preguntaba alguien.

—Le han dado una paliza —explicaba el enfermero—. Delira.

—Posible traumatismo craneal —dijo alguien, muy profesional, como un médico de la tele—. Le haremos un *scanner*...

No sé qué dijeron que me harían, pero ya no pude soportar más el pánico. Me incorporé de un salto en la camilla y grité:

—¡Avisen a la policía! ¡Unos hombres disfrazados de médicos quieren matar a Elías Gual, en la UVI!

Nadie llegó a entender demasiado bien mi mensaje, porque, apenas me levanté, uno de los enfermeros se puso a chillar como si hubiera visto al Conde Drácula levantándose de la tumba, y una enfermera se sumó al grito y dejó caer una bandeja llena de instrumental médico que hizo muchísimo ruido. Y yo comprendí que tendría que apañármelas solo si no quería perder todo el tiempo ganado dando explicaciones. Salté de la camilla y eché a correr.

—¡Un delincuente juvenil...! —gritaba alguien a mis espaldas, como dando a entender que, si al menos fuera un delincuente adulto, la cosa tendría cierta categoría pero que, a mi edad, vergüenza debería darme.

Se oyó una voz que decía:

—¡Eh, tú, dónde vas!

El grupo que me perseguía se hacía más y más numeroso por momentos. Y creo que yo no habría corrido más si todas aquellas batas blancas que me perseguían hubieran sido sábanas de fantasmas.

Yo seguía la flecha: hacia la UVI.

Subí escaleras, esquivé sillas de ruedas, resbalé a lo largo de pasillos encerados, zigzagueé entre médicos que pretendían cortarme el paso, salté por encima de muletas y piernas enyesadas que pretendían ponerme la zancadilla, siempre con el objetivo de las siglas UVI.

Dos batas blancas también seguían la flecha, delante mío. Reconocí a Asunción por los tacones de aguja. Iba con el Moreno de Nieve, y llevaba un cuaderno grande recién comprado para dar una imagen de eficiencia. El Moreno de Nieve aún daba el pego, con sus rizos y sus aires modernos, pero ella parecía Rocío Jurado contratada para actuar en «Centro Médico».

—¡¡¡Son ellos!!! —grité.

Moreno de Nieve y Asunción se volvieron tratando de aparentar dignidad, supongo que pensando decir: «¿Nosotros? Perdonen, creo que se confunden...» Pero la dignidad y los razonamientos no sirven de nada cuando el culpable descubre que se le vienen encima veinte o treinta empleados de hospital desbocados.

La culpabilidad estalló con toda la evidencia del mundo.

Los de bata blanca no querían comerse a nadie. En todo caso, sólo a mí. Pero, de pronto, se vieron agredidos por una enfermera que se defendía de ellos golpeándoles con un bolso dentro del cual era evidente que se escondía un ladrillo. Al segundo bolsazo, los que me perseguían se olvidaron de mí y se dedicaron a los peligrosísimos impostores disfrazados con batas blancas.

Yo vi parte de los acontecimientos desde la barrera, sintiendo que había dejado de ser protagonista para pasar a simple espectador.

Unos cuantos intentaban sujetar a Asunción cuando el Moreno de Nieve se lanzó sobre un abuelo en su silla de ruedas y le amenazó con una aguja hipodérmica.

—¡Quietos! ¡Atrás! —gritó—: ¡Atrás, atrás! ¡Esta jeringuilla está cargada con potasio! Ya sabéis lo que le pasará al viejo si le inyecto, ¿verdad?

Ya había metido la pata. A la policía le gustaría saber qué hacía en un hospital con una jeringuilla cargada de potasio; y su enfermera con un ladrillo en el bolso.

No me quedé hasta el final del *show*. Cuando estaba en la parte más emocionante, incluso con ribetes de comedia italiana, recordé que, aparte de salvar a Elías, tenía otra cosa que hacer.

También quería hablar con él.

La flecha me guió por escaleras, rellanos y pasillos por donde me crucé con mucha gente que corría en dirección contraria, al reclamo de la jarana. Llegué a un pasillo muy largo, al final del cual había una ventana de cristal rectangular y una puerta, también de cristal, de doble batiente.

UVI, decía en la puerta.

Antes de entrar, miré por la ventana. Sólo pretendía asegurarme de que no me toparía con ningún médico o ninguna enfermera interesados en saber qué hacía allí.

Entonces vi a Elías. Sentí un escalofrío espeluznante y tuve que hacer un esfuerzo físico para atreverme a empujar aquella puerta y entrar.

Nunca había estado en una UVI. No había visto nunca enfermos como aquéllos, conectados a máquinas y frascos de suero. Parecía que bastaría con tropezar con alguno de aquellos tubos para robarle el último aliento a cualquiera de aquellos desgraciados. Era espantoso verles, intensamente pálidos bajo una luz cruda que les hacía la piel casi transparente. Ni vivos ni muertos, parecían hallarse en un estado intermedio ajeno a este mundo. Era como avanzar por un escenario de ciencia-ficción.

De los tres ingresados, dos parecían estar en coma. Elías dormía. Me detuve a su lado, sintiendo un nuevo estallido de rabia contra quienes le habían hecho aquello a mi compañero.

—Elías, Elías. ¿Me oyes? —susurré, tocándole la espalda con un dedo—. ¡Elías!

Con un ojo miraba aquel rostro vendado y lleno de moratones y, con el otro, el pasillo, al otro lado de la ventana, controlando que no se presentara ninguna enfermera. Como acostumbra a ocurrir en estos casos, me vinieron muchas ganas de orinar.

—¡Elías, jopé! —alcé la voz, impaciente.

Uno de los otros enfermos refunfuñó, provocándome un susto de mil demonios.

Elías abrió los ojos como si los párpados le pesaran toneladas.

—Soy yo —le dije—. ¡*Flanagan,* Juan, Anguera, el *Anguila...*!

Frunció las cejas, mirándome en la penumbra, como exclamando: «Cuánta gente me ha venido a ver.» Por fin, consiguió enfocar la mirada.

—*Flanagan...* —la voz apenas si le salía de la garganta.

—La foto —dije excitado—. La foto del *Pantasma.* ¿Dónde está?

—¿La foto?

—Sí, la del chantaje, la del *Pantasma.* ¿Recuerdas que dijiste que me la darías...?

—La foto... —murmuró, con lengua de trapo—. La tienes tú, *Flanagan,* la tienes tú...

—¿Que la tengo yo?

No hubo respuesta. Muy satisfecho de haber recibido mi visita, cerró los ojos y se durmió de nuevo.

—Eh —dije—. No hay derecho. ¡Eh...!

Me pareció oír ruido en el pasillo. Me estaba poniendo enfermo de los nervios. No podía quedarme allí un minuto más. Corrí hacia la ventana, miré afuera. No se veía a nadie, pero se oían voces.

Salí corriendo. Volando. Un ascensor me llevó al aparcamiento subterráneo. Desde allí, no recuerdo cómo, pude salir a la calle.

Entré en el metro y me derrumbé en un asiento libre del primer tren sin hacer caso de la señora gorda que me miraba acusadora esperando que se lo cediera.

Nunca en la vida me había sentido tan chafado. Todo yo era un crisol de emociones demasiado intensas. Clara («No lo sé. No le conozco. Yo pasaba por aquí»), un fracaso. Mi investigación, otro fracaso. La imagen de Elías malherido materializándose horriblemente («¿Qué te creías, Juan, que esto era un juego donde los muertos y los heridos lo eran de mentirijillas?»), su enigmático mensaje (parecía que se había especializado en dejarme mensajes enigmáticos antes de caer inconsciente o dormido), el hecho de saber que el *Pantasma* vendía la droga que le daba el *Lejía*...

... Todo junto me formó un nudo en la garganta, y tuve que apretar los dientes para no echarme a llorar.

La gente me miraba. Me di cuenta de que llevaba las manos sucísimas de sangre y barro, heridas y magulladas por un correazo del *Piter* y por el golpe de la ventana que me pilló los dedos. Y llevaba también trozos de esparadrapo pegados a la piel de los antebrazos. Mientras me los despegaba, me preguntaba qué ocurriría a continuación, y la primera respuesta fue: «Mamá te echará una mano por haberte ensuciado tanto.»

Volvía a llover con cierta intensidad cuando salí del metro, en el barrio. O quizás había estado lloviendo así todo el rato y yo no me había dado cuenta. No había tenido tiempo para fijarme en aquellas minucias.

Me encaminé hacia casa, atemorizado por

la perspectiva de toparme con alguno de los amigos del *Lejía* por el camino. Volvía a notar el temblor en las piernas y aquellas palpitaciones tan y tan fuertes.

En un escaparate vi que tenía la cara llena de sangre, consecuencia de uno de los golpes que me había propinado el *Pantasma*.

Cuando llegué a casa, me deslicé hacia el interior, agachado entre la parroquia, confiado en pasar desapercibido.

—¿Qué te has hecho, Juan? —preguntó mi padre, que servía café a los últimos clientes que habían terminado de comer.

—He resbalado en el barro y me he caído —dije, manteniéndome de espaldas a él.

—Y como te ha gustado, has aprovechado para revolcarte un poco, ¿no?

—Sí, papá —dije.

Eché a correr escaleras arriba, hacia el piso. Me encerré en el cuarto de baño y me aseé tanto como me fue posible.

Pili llamó a la puerta.

—Juan —dijo en un susurro cómplice—. Aquí hay algo para ti.

Abrí la puerta.

—¿Qué es?

—Ven —dijo.

La seguí a su habitación. Ella cerró la puerta con mucho misterio y sacó un sobre de entre las páginas de un atlas.

Un sobre de papel de embalar. Un poco arrugado. Con mi dirección, sello y timbre de correos.

Se me paralizó la respiración. «La foto la tienes tú», me había dicho Elías. Ahora lo entendía. ¡Acorralado como estaba, consideró que lo más seguro era hacérmela llegar por vía postal! Cerca de *La Tasca* había un buzón. Un buzón que yo mismo había utilizado como escondite.

Me temblaban las manos mientras sacaba la foto del sobre. Era en blanco y negro, como las demás. Había sido tomada entre árboles, desde un escondite en algún parque de la ciudad. Las ramas eran sombras borrosas en primer término, pero lo más importante estaba perfectamente enfocado.

Se veía al *Pantasma,* vaya si se le veía.

Miraba hacia el objetivo como si hubiera oído un ruido, pero su expresión no era la de haber descubierto a nada o a nadie. Caso de que lo hubiera hecho, se habría puesto frenético, porque tenía los pantalones bajados y se le veían las piernas, delgadas y nudosas.

También se le veía aquella parte del cuerpo a la que él debía llamar, cuando estaba de broma, «la sardina».

Y en la foto también aparecía un niño, no mayor que yo.

Por fin, todo tenía sentido.

Elías siguiendo al *Pantasma,* Ramblas abajo, fotografiándole a escondidas en la Boquería y caminando entre las prostitutas y merodeando por los locales de máquinas tragaperras. Es sabido que esos locales son territorio de caza para los aficionados a los menores. Me imaginaba al *Pantasma* haciéndose un grupo de amiguitos, chavales dejados de la mano de Dios que harían cualquier cosa a cambio de unas monedas. Y veía claramente al *Lejía* diciéndole al *Pantasma:* «Si no quieres que todos se enteren de tu vicio, tendrás que distribuir caballo entre tus amigos.» Una buena clientela. Numerosos incautos dispuestos a todo y, sobre todo, lejos del barrio. Ah, sí, porque el *Pantasma* se había preocupado de dar salida a sus aficiones lejos de la escuela. No quería que le pasara como al conserje anterior, al que despidieron porque manoseaba a las niñas. Y el *Pantasma* tuvo que aceptar.

Después (yo iba reconstruyendo la historia), desapareció la foto, pero ni el *Lejía* ni los suyos se resignaron a perder el nuevo mercado abierto. De modo que se comprometieron a destruir la prueba definitiva para el *Pantasma* si él continuaba trabajando tranquilamente para ellos. Trato hecho...

... Y entonces intervine yo, metiéndome donde no me llamaban.

—¡Juan! —exclamó Pili, haciéndome bajar de las nubes.

Rumor de pasos en la escalera. Puse la foto en el sobre y lo escondí tras la espalda, conteniendo la respiración.

Se abrió la puerta.

13
«Olvídalo, Clara»

Era Clara.

Con ella entraron muchas cosas en la habitación. La música, por citar una. El *Without you* y el *There'll be sad songs,* aquella otra canción que dice: *Sin amor somos como barcos en la oscuridad,* y tantas otras. Lo que son las cosas, gracias a ella yo entendía por fin las letras de las canciones románticas, que siempre me habían parecido solemnes mamarrachadas y que ahora me parecían sabias palabras escritas por almas sensibles. Lo que son las cosas, yo quería abrazarla, besarla, calmarla, ser capaz de hacerla reír, que se sintiera bien conmigo... Y en vez de eso, permanecí de pie, con los ojos como si se me hubiera aparecido la Virgen de los Desamparados.

—Juan —dijo ella—. Quiero hablar contigo.

Estaba muy seria, transcendente como una persona adulta. Y muy guapa, incluso con el pelo mojado, las ropas empapadas y aquel ligero temblor en los labios.

—Ah —fui capaz de articular, tratando de aparentar una indiferencia que no sentía—. Te has perdido lo mejor de todo. Nos lo hemos pasado muy bien en el hospital.

Con una mirada, sin decir palabra, Clara echó a Pili, que huyó hacia la escalera murmurando que tenía que ayudar a mamá.

Nos quedamos solos.

—Vengo a despedirme de ti —dijo—. Me voy definitivamente a vivir con mi madre... —marcó una pausa—. Mi padre me lo ha pedido... Porque no quiere que vea cómo le detienen... —luchaba contra el llanto—. Cómo se le llevan a la cárcel —se mordía los labios. Me pareció muy valiente, decidida, admirable. Pero no podía hacer nada por ella. Era cierto que el *Lejía* iría al talego, y era también cierto que yo no movería un dedo para impedirlo—. Puedes estar contento, ¿no? —añadió ella con los ojos llenos de rabia y de lágrimas—. ¡Puedes estar contento...!

Yo no sabía qué decir. Me encogí de hombros.

—Clara. Lo siento...

—¡Ah, fantástico, muy bien, ahora ya está todo arreglado! ¡Si lo sientes, ya no hay nada más que decir! ¡Un inocente irá a parar a la cárcel, pero no pasará nada, porque Juan *Flanagan* lo siente mucho...!

«¿Inocente?», preguntaron mis ojos conturbados.

Su rabia escupió las últimas lágrimas. Con un movimiento brusco, se limpió el rostro. Sus ojos echaban chispas.

—¡Sí, inocente, inocente! —gritó—. ¡Porque mi padre es inocente, para que te enteres! He hablado con él y me lo ha explicado todo, con el corazón en la mano. Me ha dicho: «He caído en una trampa y no sé cómo librarme de ella.» Me ha dicho: «Vete, Clara, no quiero que veas cómo me vencen mis enemigos.» Mi padre ha estado relacionado con traficantes de droga, sí, pero contra su voluntad. Le han embaucado, no ha podido evitarlo. ¡Y ahora, cuando se han complicado las cosas, le toca hacer de cabeza de turco, irá a la trena para que los verdaderos culpables queden en libertad! —y, cargada de odio, concluyó—: ¡Y todo por tu culpa!

Yo tenía el corazón encogido. ¿Y si tenía razón? ¿Y si el *Lejía* era inocente, después de todo? Pasaba revista a todas mis deducciones intentando encontrar un resquicio que le diera la razón a ella. ¡Quería encontrar ese resquicio, de verdad!

—Clara... —dije con un hilo de voz—: Tu padre obligó al *Pantasma*...

—¡A nada le obligó! —gritó ella sin querer escucharme—. ¡El *Pantasma* y mi padre son amigos! ¡Mi padre sólo quería ayudar al *Pantasma,* protegerle de Elías, que le estaba haciendo chantaje...!

Yo debería haber comprendido lo que estaba ocurriendo. Tendría que haberme callado. Pero mi amor propio me impidió aceptar todas aquellas patrañas.

—Pero es que el *Pantasma*... —dije tímidamente.

—¡El *Pantasma,* nada! ¡El *Pantasma* no es más que un homosexual, un gay! ¡Y eso no es ningún crimen! ¡No puede evitarlo! Pero aún hay gente... —y me incluía a mí entre esa gente— ... Hay gente que todavía cree que ser de la otra acera es un crimen...!

Hice un gesto involuntario. De nuevo me traicionó el amor propio, el ansia de defender todo lo que yo había averiguado.

Se me movieron las manos y ella vio que yo escondía algo parecido a una foto.

Calló. A mí se me secó la boca. De pronto comprendí que ella me estaba diciendo lo que necesitaba creer. Su padre le había contado aquella sarta de mentiras y ella se había dejado convencer porque tenía que creerlo, porque no podía soportar que, de repente, la imagen que tenía de él saltara en mil pedazos. Si yo hubiera sido más inteligente, o quizá más honesto, o simplemente de otra manera, le habría dicho que sí, que tenía razón, que era yo el equivocado. Pero, imbécil de mí, moví las manos.

Imbécil de mí, dejé que viera la fotografía, piqué su curiosidad. Otra necesidad que ella tenía: la de constatar si lo que le había dicho su padre era verdad. Al darme cuenta de mi error, hice otro movimiento falso, ahora de ocultación, y aquello intrigó aún más a Clara.

—La foto —dijo.

—No... —retrocedí—. No es nada...

—Déjamela ver... —ella se acercó.

—No. Vete. No te importa a ti...

—¡Déjamela ver!

Se me echó encima y me horrorizó tener su cuerpo tan cerca, y sentir sus brazos que me rodeaban, y su aliento... Mientras yo me mantenía en mis trece, me resistía, le gritaba de mala manera.

—¡Déjame en paz! ¡Vete de aquí! ¡Lárgate de esta habitación! ¡No quiero volver a verte!

Tropecé con la mesilla de noche, caí de lado sobre la cama y ella, abalanzándose sobre mí sin ningún pudor, me arrancó la foto de las manos. Cayó sentada en el suelo, yo exclamé: «¡Clara, no...!», y la miró.

Su alma se hizo añicos como una porcelana caída desde un quinto piso. Nunca he visto tanto desconsuelo en un rostro. Se quedó atónita, los ojos incrédulos y ofendidos, como si acabara de pegarle una bofetada.

Aquella foto, aquella maldita foto, le aclaraba que el *Pantasma* no era un homosexual incomprendido. El *Pantasma* era un corruptor de menores, que es muy distinto. Era alguien que realmente merecía la cárcel. Y el *Lejía* le protegía. Y si el *Lejía* había mentido en aquel punto... También podía haber mentido en todo lo demás.

Horrorizada, Clara estaba llegando a las mismas conclusiones que yo. Un corruptor de menores implicado en un asunto de tráfico de heroína es uno de los peores monstruos que se puedan imaginar.

Intuí la tempestad que estaba zarandeando a Clara en aquellos momentos. Su padre le había mentido y ella había tenido que creerle. No obstante, a la hora de la verdad, todas las sospechas tomaban cuerpo y las dudas dejaban de serlo. En el fondo, Clara ya sabía cuál era la verdad, pero no había querido verla. Había sido necesario que yo, imbécil de mí, permitiera que la foto cayera en sus manos.

Ella no podía moverse. Y yo tenía que hacer algo. De modo que me senté en el suelo, a su lado, y la abracé.

—Eh, Clara —murmuré. No tenía palabras.

Y ella dijo:

—Rómpela, Juan. ¿La romperás? ¿La romperás y no le dirás nada a la policía?

Yo me aparté de ella, como si de repente su cuerpo quemara, negando con la cabeza, asustado porque estaba tentado de hacer lo que me pedía.

—No.

Pero era una simple fórmula. Ella misma podría haber roto la foto que, por otra parte, sólo era una prueba circunstancial a la hora de inculpar al *Lejía*. Sólo quería ponerme a prueba. Supongo que me pedía algún tipo de ayuda que yo, definitivamente, le negué.

Se incorporó, tiró la foto y salió corriendo hacia las escaleras. La seguí casi sin darme cuenta, como el galgo que sale tras el conejo mecánico. Cruzamos el bar uno detrás del otro, tiramos dos sillas al suelo y oí de pasada la bromita de un imbécil («¡eh, el Juanito se está haciendo mayor! ¡Ya las castiga!»), y también sorprendí un destello de alarma en los ojos de mi padre.

Fuera llovía a cántaros. Corrimos bajo la tempestad sin notarla. La atrapé cien metros más allá, en la primera esquina.

—¡Clara! —grité.

Se volvió para mirarme.

—¡Es mi padre, Juan! ¿Es que no puedes entenderlo? ¡Conmigo siempre se ha portado bien!

La creí. Me daba cuenta de que en la vida las cosas no son tan simples como en las películas de la tele, donde el héroe aniquila al malo horroroso, desagradable y con mal aliento, y se gana de paso el amor de la chica. En el cine, todo es claro y elemental. En la vida, en cambio, resultaba que el *Lejía* era amable y considerado con su hija, mientras que padres de otros amigos del barrio, hombres a quienes jamás se les ocurriría traficar caballo, llegaban a casa y golpeaban a la mujer y a los hijos porque habían tenido un mal día en el trabajo, o tan sólo para ejercitar un poco los músculos.

—Heroína —dije, simplemente, porque necesitaba aferrarme a mis ideas—. El *Pantasma* repartiéndola entre niños a los que previamente había corrompido sexualmente. Quizá la primera vez gratis, «porque me caes bien, hala»... ¡Después cobrando! ¡Niños, Clara, niños! Las víctimas más fáciles, los clientes más seguros. Niños que harán lo que sea por pagarse la droga. Niños que robarán a punta de navaja y correrán a

darle el botín a cambio del caballo... ¡Niños que
se harán matar en un atraco, si no la diñan antes
de una sobredosis o de la mierda que mezclan con
la droga! —se me estaba subiendo la sangre a la
cabeza—. ¡Me importa un rábano que después tu
padre te compre unos zapatos con la pasta que
saca de ese negocio! ¡Eso no le hace mejor!

Ella suspiró. Dijo:

—Lo siento. Perdona —estaba a punto de
irse.

—Yo también lo siento —dije desesperado—. Pero tengo que hacerlo. Tienes que entenderlo, y lo entenderás... Tal vez no ahora ni dentro de un rato, ¡pero acabarás comprendiéndolo y
me darás la razón! ¡Me sabe muy mal, Clara,
porque..., porque...! —y con un hilo de voz dije,
por primera vez en mi vida—: ... porque te
quiero.

Clara se quedó mirándome como un sol-
dado que, en el fragor de la batalla, descubre de
pronto que le ha desaparecido el arma de las
manos. Por un momento parecía que iba a decir
algo, pero lo pensó mejor. Abrió la boca y supe
que quería insistir una vez más, «rompe la foto,
Juan, no denuncies a mi padre...», pero ella misma adivinó la respuesta que le daría, y no dijo
nada.

Es muy importante el primer día de tu
vida que le dices «te quiero» a una chica. A lo
largo de los años, supongo que debes de recordar
cómo fue y lo que te contestó ella. A mí, Clara
me dijo simplemente:

—Ya. Adiós, Juan.

Me dio la espalda y se alejó bajo la tormenta mientras yo apretaba los puños y me tragaba palabras y gritos, y miraba a mi alrededor y
veía barro y charcos y cristales de botellas rotas,
hierrajos oxidados, toda la basura que me rodea-

ba y de la que los clientes del *Lejía* y del *Pantasma* nunca tendrían la oportunidad de huir.

Temblaba y tenía frío, y era como si hubiera empezado a llover en aquel preciso momento.

«¿A qué estás jugando, Juan? ¿Pensabas que había una raya en el suelo, los buenos a un lado y los malos al otro, y que bastaba con buscar la raya cada vez que aparecía una duda?»

—¡Juan! ¡Juan! —mi padre llegaba corriendo—. Juan, ¿qué te ha pasado? ¿Qué haces aquí, con esta lluvia...?

No me reñía. Sólo estaba preocupado por mí. Después de todo, era mi padre.

—Tenemos que ir a poner una denuncia, papá... Te lo contaré por el camino.

Epílogo

Ahora tengo un cobertizo.

Cuando Elías se recuperó, se mostró muy agradecido y me cedió el cobertizo para que lo utilizara como despacho. Allí me instalé y María se asoció conmigo (no está tan mal, después de todo, esa *tecno*), y los dos juntos continuamos el trabajo que Pili y yo empezamos en casa, entre cajas de cerveza.

Elías ha dejado el barrio. Se ha ido a vivir al centro de Barcelona y dicen que estudia fotografía y colabora con una agencia de prensa al mismo tiempo. Dicen que es un fotógrafo muy bueno, y que le va muy bien, y yo me alegro.

Han pasado ya tres meses desde que acabó todo, desde que la policía detuvo al *Pantasma* por «pedofilia» (así llaman ellos a su vicio), y el *Pantasma* arrastró consigo a toda la banda de traficantes, el *Lejía* incluido. A estas alturas, están todos encarcelados en espera de juicio. La policía encontró un kilo de caballo escondido en el interior de un motor viejo, en el garaje del *Lejía*. La gente comenta que no saldrán fácilmente de ésta.

María y yo estamos muy atareados, las clásicas tonterías de costumbre, pero a menudo yo le paso todo el trabajo a ella o a Pili y me quedo en el cobertizo sin hacer nada.

Sólo escucho música.

El *Without you,* por ejemplo.

Clara también se fue del barrio, a vivir de nuevo con su madre. A menudo la recuerdo como la vi por última vez, alejándose bajo la tormenta, y pienso en sus palabras («adiós, Juan»), vacías de rabia y de rencor. Pienso que ya ha pasado tiempo suficiente desde entonces. Ha tenido tiempo de pensar en lo que hice y darse cuenta de que tenía razón, y de que no podía actuar de otra manera. Lo sabe, claro que lo sabe. Ya lo sabía, incluso mientras me lo pedía...

Por tanto, la espero. La espero todas las tardes aquí, en el cobertizo, escuchando música y leyendo y releyendo el informe que hace siglos yo mismo hice sobre ella.

Y cada vez que se oyen pasos en el jardín, levanto la cabeza y miro con esperanza hacia la puerta. Porque sé que volverá, y que el rumor de sus pasos será el anuncio de su llegada.

ÍNDICE

ESTE LIBRO SE TERMINÓ DE IMPRI-
MIR EN LOS TALLERES GRÁFICOS DE
UNIGRAF, S. L., MÓSTOLES (MADRID), EN
EL MES DE NOVIEMBRE DE 2001, HABIÉN-
DOSE EMPLEADO, TANTO EN INTERIORES
COMO EN CUBIERTA, PAPELES 100 % RE-
CICLADOS.

SERIE ROJA
desde 14 años

ALFAGUARA

SERIE ROJA

Andreu Martín / Jaume Ribera

Andreu Martín es uno de los escritores más prolíficos del género negro, con más de veinticinco novelas en su haber. Nació en Barcelona en 1949. Se licenció en Psicología en 1971 y ha trabajado en dos editoriales; fundó una revista de cómics, ha sido guionista de cine y autor teatral, y ha publicado numerosos reportajes y narraciones en revistas.

Jaume Ribera nació en Sabadell en el año 1953. Psicólogo y periodista, se ha dedicado con intensidad y asiduidad a escribir guiones de cómic y a publicar relatos de humor y de terror en diversas revistas.

Martín y Ribera han creado conjuntamente obras literarias llenas de frescura, amenidad, intriga y humor. En 1989 obtuvieron el Premio Nacional de Literatura Juvenil por *No pidas sardina fuera de temporada*.